LE VOL
DE LA JOCONDE

DU MÊME AUTEUR

LIVRES

Les Calendes grecques, prix du Premier roman (Calmann-Lévy ; Points)
Apolline (Stock ; Points)
La Dame du soir (Mercure de France ; Points)
Les Adieux (Flammarion ; Points)
Le Cimetière des fous (Flammarion ; Points)
La Séparation, prix Renaudot (Seuil ; Points)
Une jeune fille (Seuil ; Points)
Nu couché (Seuil ; Points)
Les Enfants (Grasset ; Livre de poche)
Roman Nègre (Grasset ; Livre de poche)
Les Champs de bataille (Grasset ; Livre de poche)
La Société (Grasset)
Scénario (Grasset)

Les Têtes de l'art (Grasset)
Le Petit Livre de l'orchestre et de ses instruments (Points)
Tabac (Seuil ; Mille et une Nuits)
Bohèmes. Les Aventuriers de l'art moderne (1900-1930) (Calmann-Lévy ; Livre de poche)
Libertad ! Les Aventuriers de l'art moderne (1931-1939) (Grasset ; Livre de poche)
Minuit. Les Aventuriers de l'art moderne (1940-1945) (Grasset ; Livre de poche)
Le Temps des bohèmes (Grasset)

(*suite en fin d'ouvrage*)

DAN FRANCK

LE VOL DE LA JOCONDE

roman

BERNARD GRASSET
PARIS

Dessins des pages 121 et 123 : © Succession Picasso 2019.

En couverture : *La Joconde. Portrait de Mona Lisa.*
Peinture de Léonard de Vinci, 1505.
Musée du Louvre © Electa/Leemage
En 4e de couverture : Pablo Picasso. *Lettre à Guillaume Apollinaire avec un dessin de Picasso et Apollinaire trinquant au verso.*
Photo © RMN-Grand Palais (Musée national Picasso-Paris) / Mathieu Rabeau. © Succession Picasso 2019.

ISBN : 978-2-246-82041-3

Pour Lili, ma fille

18

« Il y a maintenant, comme en tous pays, d'ailleurs, tant d'étrangers en France qu'il n'est pas sans intérêt d'étudier la sensibilité de ceux d'entre eux qui, étant nés ailleurs, sont cependant venus ici assez jeunes pour être façonnés par la haute civilisation française. Ils introduisent dans leur pays d'adoption les impressions de leur enfance, les plus vives de toutes, et enrichissent le patrimoine spirituel de leur nouvelle nation comme le chocolat et le café, par exemple, ont étendu le domaine du goût. »

Guillaume APOLLINAIRE

« Je voudrais vivre comme un pauvre, avec beaucoup d'argent. »

Pablo PICASSO

SOMMAIRE

Premier jour

L'histoire commence un matin, dans les premières années du XXe siècle, à la terrasse d'un café, Dôme ou Rotonde selon l'inclinaison du soleil. Il y a là un homme qui déplie *Paris-Journal* et s'arrête en page 2. Il découvre un gros titre qui l'intrigue : *Le vol de la Joconde.* Il lit. Et plus il lit, plus il se tasse sur sa chaise. Il voudrait devenir invisible. Se lever et filer sur la pointe des pieds, descendre le boulevard Raspail, traverser Saint-Germain, longer la Seine jusqu'à chez lui, s'y enfermer, n'ouvrir à personne, attendre. Téléphoner à Picasso et le faire rentrer. Après, ils aviseraient. Dans le bordel du Bateau-Lavoir, on trouverait certainement.

Guillaume Apollinaire replie le journal et se lève. Il porte un chapeau ce jour-là. Un canotier en toile légère qui l'abrite du soleil et qu'il abaisse sur son front pour ne pas être reconnu. Il entre à l'intérieur de la Rotonde et demande au père Libion s'il peut téléphoner.

Je ne sais pas où se trouvait la cabine à cette époque, sans doute au sous-sol, donc Apollinaire descend. Ça paraît curieux, le téléphone en 1911, mais il existait. On passait sans doute par des standards où des personnes affairées enfonçaient des fiches dans des orifices prévus pour. Joindre Céret, dans les Pyrénées-Orientales, ne devait pas être une mince affaire. Simplifions. Picasso rappellera dans moins d'une heure.

Apollinaire ne remonte pas. Il attend sur place afin d'être sûr de ne pas manquer l'appel. Il s'exaspère lorsque Henri Rousseau – dit le Douanier – débarque pour téléphoner à son tour. Gentleman, le poète cède la place au peintre. Celui-ci demande Laval, en Mayenne. Quand il a Laval, il hurle pour dire bonjour, fait beau à Paris, quel temps chez vous, je ne viendrai pas dimanche mais la semaine d'après. Apollinaire lui adresse des signes : Parle moins fort. Mais le Douanier s'égosille. Même, il hausse les épaules. Après avoir raccroché, il dit :

— Laval, c'est loin ! Comment veux-tu qu'ils m'entendent si je ne crie pas ?

Picasso ne rappelle pas. Apollinaire recommence le coup des fiches et des orifices, une fois, deux fois, et le soir, enfin, alors que le soleil décline doucement sur Montparnasse, il entend la voix rocailleuse, accentuée et déformée par la distance, de son ami. Il lui dit :

— Il faut que tu rentres.

Picasso objecte qu'il est avec Braque, qu'ils font du cubisme toute la journée, cordes et guitares, ils ont même intégré des feuilles de journal à leurs compositions. Il ne voit pas pourquoi il rentrerait.

— On a volé la Joconde au Louvre, dit Apollinaire.

Il n'est pas facile de faire répondre Picasso parce que lui, on le connaît, on sait comment il parle. Apollinaire, c'est plus simple car hormis un enregistrement très ancien dans lequel il récite *Le Pont Mirabeau,* sa voix ne nous est pas parvenue. Sur ce disque gravé jadis, au milieu de multiples grésillements qui rappellent les messages codés envoyés de Londres vers la France occupée trente ans plus tard, émerge une parole lente, monocorde et déclamatoire. Sans doute n'est-ce pas le ton qu'employa le poète pour prévenir Picasso du danger qui les guettait : entre eux, ils se parlaient certainement avec un grand naturel, comme deux copains partageant les soucis du jour.

Picasso demande en quoi le vol de la Joconde le concerne. En espagnol, il pourrait dire :

— *Crees que soy yo ?*

Apollinaire répond que non, pas une seconde il n'a pensé que le peintre pourrait être responsable de la disparition du portrait de l'épouse de Francesco di Bartolomeo di Zanobi del Giocondo, marchand florentin, qui passa commande à Léonard de Vinci vers 1503.

— *Entonces?*

— Géry Pieret, tu te souviens?

Rien. Picasso n'a gardé aucun souvenir de cet aventurier belge qui fut le secrétaire épisodique de Guillaume quand il travaillait comme journaliste au *Guide des Rentiers.*

— Relis mon *Hérésiarque et Cie.* Géry Pieret, c'est le baron Ignace d'Ormesan.

— J'ai oublié.

— Creuse-toi les méninges.

En 1907, le peintre a acheté à ce Géry Pieret une sculpture ibérique datant du ve siècle avant Jésus-Christ La sculpture représentait la tête d'une femme. Elle avait été volée au Louvre.

— Je l'ai payée cinquante francs, se souvient Picasso. Il m'en a laissé une autre en dépôt au Bateau-Lavoir.

— Géry Pieret vient de voler une troisième statuette. Toutes les polices le recherchent. On pense qu'il sait où est la Joconde.

— *Mierda!*

C'est le cas de le dire. D'autant que Picasso a conservé les deux têtes ibériques dont il s'est inspiré pour peindre les oreilles (démesurées) de trois des demoiselles d'Avignon. Bref, si les limiers de la Préfecture font le lien entre l'aventurier et le poète, ils finiront par arriver au peintre, et là, s'il y a perquisition, on est mal. Très mal, même.

— Je rentre, dit Picasso.

En français, peu importe l'accent : un accent ne se lit pas. Finalement, je ne vais pas imiter Balzac qui fait parler le banquier Nucingen dans un sabir franco-allemand parfaitement incompréhensible. Au fil des années, Picasso a appris le français, qu'il comprenait et parlait très bien, mettons dans les années 20. Trichons : dix ans plus tôt, il maîtrise.

Donc, il rentre. À cette époque, remonter du Sud n'est pas une mince affaire. En train, il faut des heures. Le chemin de fer n'est pas si vieux. Certes, aucun scientifique ne prétend plus que la traversée des tunnels est dangereuse, qu'on y risque l'asphyxie, donc Picasso ne descend pas à l'entrée d'un tunnel pour remonter dans le train après, comme Flaubert faisait parfois entre Rouen et Paris. Mais tout de même, ça ne va pas très vite.

Il arrive épuisé. Apollinaire l'attend à la gare d'Orsay. Les deux, tendus, pour ne pas dire angoissés. Ils vont directement à Montmartre, au Bateau-Lavoir.

On possède quelques photos de cette ancienne manufacture de pianos baptisée par Max Jacob, dont les murs en bois, fortement inflammables, se sont consumés un demi-siècle plus tard. On entrait par une porte qui ouvrait sur la place Ravignan (aujourd'hui place Émile-Goudeau) et on gagnait les étages inférieurs par un escalier branlant autour duquel étaient distribués les ateliers. On descendait pour entrer, on montait pour sortir. Les choses se faisaient à l'envers, de même que les artistes qui habitaient là vivaient à l'envers, à rebours d'un monde qui les ignorait encore. Par chance, ça n'a pas duré longtemps.

Picasso habite au premier niveau, comme on dit aujourd'hui des parkings. Il y a conservé un atelier. Sur la porte, quelques mots sont écrits à la craie : *Au rendez-vous des poètes.* À l'intérieur, une entrée, une chambre microscopique, odeurs mêlées de tabac et d'huile de lin, une chaise sur laquelle repose une souris blanche qu'intéresse une chienne bâtarde nommée Frika, un tub, un gros poêle en fonte, une armoire passée au brou de noix, une lampe à pétrole, partout des chevalets, des toiles et des pinceaux, des instruments de musique : un foutoir absolu.

Les deux hommes fouillent et finissent par trouver les têtes sculptées. Elles font grise mine : érodées par le temps, abîmées par le peintre lors de ses recherches sur le primitivisme. Apollinaire les observe attentivement. Il remarque qu'elles ont les oreilles cubistes, l'œil cézanien, la peau piquetée comme chez Signac. Il conclut :

— Il serait déraisonnable de les rendre.

Picasso ne répond pas. Il enfile une chemise rouge à pois blancs, un bleu de chauffe, et se noue autour du cou un foulard qu'il trouve dans sa poche. Il regarde son copain. Le contraste est saisissant : un bon gros vêtu comme un bourgeois, gilet et chaîne de montre, couvre-chef impeccable, souliers bien cirés. L'autre, pieds nus, l'allure d'un saltimbanque. Le bleu de chauffe n'est pas un déguisement, un costume ou une coquetterie. C'est la tenue des ouvriers zingueurs.

— Il n'y a que les riches pour croire que la misère ça s'habille, dit Picasso en frottant délicieusement sa tenue. Le bleu de chauffe, ça ne coûte pas cher, ça se lave, c'est costaud, ça ne dort pas sur un cintre et c'est toujours debout.

Il est pauvre, comme toute la petite bande qui gravite autour du Bateau-Lavoir. Il y a là Braque, Max Jacob, Derain, Vlaminck, quelques autres. Ils ont faim. Souvent, à l'aube, ils grimpent dans les étages des immeubles bourgeois pour subtiliser les bouteilles de lait déposées par les livreurs du coin. Ils n'ouvrent pas aux créanciers. Ils vivent sur des crédits hypothétiques que leur accordent parfois les bistrotiers de Montmartre.

Apollinaire est mieux loti. Lui, la misère, il connaît à peine. Et puis il travaille. Il est journaliste, éditeur, il publie dans des revues. Quand il a faim, il va chez sa mère, au Vésinet. Il a beaucoup d'atouts : il parle cinq langues, sa culture est prodigieuse. Cerise sur le gâteau : on vient de lui offrir la direction d'une revue de culture physique. On ne s'en fait pas trop pour lui. Picasso, c'est moins sûr : il peint, et c'est tout. Pas d'autres cordes à son arc.

— Qu'est-ce qu'on fait de tes têtes ibériques ?

— Les tiennes, rectifie Picasso. C'est grâce à toi qu'on me les a vendues.

— Si on te les a vendues, elles t'appartiennent.

— Alors je te les donne. Un cadeau d'ami, ça ne se refuse pas.

Il en soulève une qu'il offre à Apollinaire.

— Trop lourd pour moi.

Il la soupèse.

— Au moins sept kilos…

Il ajoute, tout en ronds de jambe tant le gêne sa propre mauvaise foi :

— D'ailleurs, je ne me rappelle pas les avoir achetées.

— Je vais te raconter l'histoire, sourit Guillaume. Imagine-toi un clampin belge, un peu escroc, toujours sans le sou.

— Géry Pieret.

— Lui-même. Je le rencontre je ne sais plus comment, mais je lui donne des coups de main, je l'héberge même quelques jours et je finis par le flanquer dehors parce que je n'aime ni les voleurs ni les pique-assiette. Un matin, cet abruti se balade au Louvre. Il cherche une bonne fortune qu'il finit par trouver après avoir poussé une porte. Que voit-il ? Des merveilles. Des centaines de statuettes antiques, des têtes anciennes. Il choisit un buste de femme, il le glisse sous son manteau et s'en va. Le lendemain, il revient. Cette fois, il prend une tête d'homme aux oreilles énormes. Et ainsi de suite jusqu'au vol de la Joconde. Les journaux offrent des récompenses à qui leur fournira des indices. Géry Pieret envoie un petit mot à *Paris-Journal* : en échange de quelques billets, il leur fournira la preuve qu'il a volé plusieurs statuettes dérobées au musée. *Paris-Journal* délègue un reporter. Pieret lui vend sa dernière prise. Contre deux cent cinquante francs, il raconte ses larcins. Il donne sa version du vol de la Joconde : un travail de commande rondement mené. Voilà.

— C'est tout ?

— Presque.

D'une de ses poches, en général encombrées de bouquins de tout genre et toute nature, Guillaume sort un numéro de *Paris-Journal.*

— C'est là-dedans. On parle même de toi.

Soudain nerveux, Picasso arrache le journal des mains du poète, cherche jusqu'à tomber sur deux lignes qui le terrifient : *La statue fut vendue à un peintre parisien de mes amis. Il me donna quelque argent, cinquante francs, je crois.*

— T'es mouillé, pas moi, jubile Apollinaire.

Il crâne. Il sait bien qu'il vogue dans la même galère que son copain : il a joué les intermédiaires. Ils partageront donc la charge des deux têtes. Dont l'une est celle de l'homme aux grandes oreilles.

— Qu'est-ce qu'on va faire ? bredouille Picasso, consterné. On pourrait peut-être les laisser là. Les oublier…

Ils sont appuyés tous deux contre le poêle éteint de l'atelier, cherchant des combines pour se débarrasser des pièces à conviction. Ils les enfournent finalement dans une grande valise en carton puis ouvrent la porte à Fernande Olivier et lui racontent le drame qui menace.

Fernande, c'est la fiancée de Picasso. Elle n'a pas trente ans, les cheveux ourlés sur le front, bien en chair. Ils se sont rencontrés dans les escaliers du Bateau-Lavoir. Elle a été fascinée par son regard, noir et intense. Elle est la plus belle femme qu'il ait jamais connue. Avant de la recevoir chez lui la première fois, Picasso a recruté Apollinaire pour briquer l'atelier. Ils ont frotté une bonne journée, à quatre pattes ou juchés sur une courte échelle afin de donner un aspect propret à cette niche que le peintre espérait bientôt conjugale. Depuis, le temps a fait son ouvrage : leur amour se délite. Elle lui reproche d'être possessif et jaloux, il la querelle parce qu'elle pose pour d'autres. À Céret, il a appris que Van Dongen l'avait dessinée. Il attaque direct. Fernande se défend en affirmant qu'il n'a rien vu d'elle.

— Il a peint seulement ta tête ?

— Le corps, aussi.

— Ton sein ?

— Oui, mon sein.

Elle lisse ses hanches du plat des mains, provocante. Apollinaire sifflote en regardant ailleurs.

— S'il a peint ton sein, c'est qu'il l'a vu !

— Un tout petit peu…

— Le pinceau, c'est la main du peintre. S'il te peint, il te touche !

— Il ne m'a pas semblé, pourtant.

— Il t'a déshabillée.

— Du regard.

— Il t'a couchée.

— Sur la toile.

— Et tu t'es laissé faire ?

— Ça m'a rapporté dix sous.

Picasso enrage. Pour un peu, il descendrait dans les profondeurs du Bateau-Lavoir, où Van Dongen vit, très pauvrement, avec sa femme et sa petite fille.

— Ce n'est pas la première fois que tu poses pour lui.

Il n'a pas tort. Van Dongen a peint plusieurs portraits de Fernande. Celui qui provoque l'ire de Pablo montre une femme debout, masquée par un tissu qui laisse un sein à découvert. Pas plus. On reconnaît tout à la fois le modèle, dont la chevelure relevée en corolle sur le front ne trompe personne, et le style de Van Dongen, coloriste affirmé qui quittera bientôt les planches du Bateau-Lavoir pour celles de Deauville, mondaines et plus lucratives.

On peut se demander si le sein de la demoiselle est le seul objet du ressentiment violemment exprimé ce jour-là, ou s'il s'agit d'une rivalité de chevalet. Peut-être les deux. La petite histoire, venimeuse comme souvent, raconte que les peintres du Bateau-Lavoir cachaient leurs toiles lorsque Picasso visitait leurs ateliers : ils craignaient d'être copiés. À quoi l'un des thuriféraires de l'artiste – sinon l'artiste lui-même – répliqua : « Copiés peut-être, dépassés certainement. »

Picasso en remet une couche, menaçant de casser la gueule à ce Hollandais de *mierda* qui ne sait peindre que les danseuses du Moulin de la Galette et les *putanas* des grands boulevards. Il ajoute, plagiant son ami Salmon :

— Il confond la palette de ses couleurs avec la boîte de maquillage de ses modèles !

Sifflotant toujours, Apollinaire écoute : il a un côté commère qui trouve là de quoi nourrir ses curiosités.

— Toi, réplique Fernande, tu ne paies même pas ! Tu me peins nue, ou seulement la tête.

Elle vient vers Pablo, mutine.

— Lui, ses femmes, dès qu'il a un peu d'argent, il les habille. Il les parfume. Il les emmène chez le coiffeur. Elles se glissent dans la dentelle, la soie, le taffetas. Mais toi ?

— Je te peins des garde-robes merveilleuses.

— C'est pas ça qui m'habille !

Et ainsi jusqu'au moment où, les insultes commençant à pleuvoir, Guillaume s'en mêle, rappelant que l'objet du délit est moins Van Dongen que les deux têtes ibériques qu'il s'agirait d'expédier quelque part. Loin, si possible.

Après discussion, ils finissent par admettre que le plus simple consisterait à les balancer dans la Seine. Fernande approuve :

— La Seine est pleine d'œuvres de ce genre.

Avant d'ajouter :

— Une annexe du Louvre.

Picasso hésite. Pas trop, mais un peu.

— Faire disparaître ces antiquités…

Fernande se plante face à lui, un plumeau entre les mains :

— C'est elles ou toi. Si ces messieurs de la Préfecture trouvent la valise ici, soit ils te mettront à l'ombre, soit ils te renverront comme Espagnol dans ton pays… Tu as le choix entre deux têtes ibériques du ve siècle avant Jésus-Christ…

Elle ajoute, frottant le nez de son futur ex-chéri d'un coup de plumeau chatouilleur :

— … ou une tête ibérique du début du xxe.

Deuxième jour

Le lendemain, Apollinaire et Picasso se retrouvent en fin de matinée et quittent le Bateau-Lavoir. À quelques encablures de la place Ravignan, ils croisent un hurluberlu qui avance coudes au corps, imitant une locomotive : tchoutchoutchou-tchou. Des enfants le suivent en riant.

— Utrillo, fait Apollinaire.

— Litrillo, rectifie Picasso.

Alcoolisé du matin au soir et du soir au matin : vin, absinthe, Picon, chartreuse, et quand il n'y a plus rien à boire, eau de Cologne. Moyenne quotidienne : dix litres.

— Il a des excuses, justifie Apollinaire. Sa mère vit avec son meilleur copain, qui a vingt ans de moins qu'elle et trois ans de moins qu'Utrillo.

— Suzanne Valadon, petit cru, grommelle Picasso.

Ils descendent vers la Seine. Au bas de la Butte, le père Soulié les arrête. Bio rapide : ancien lutteur devenu brocanteur, spécialiste en literie et vieux matelas, reconverti dans les œuvres d'art, d'un meilleur rapport. Il expose directement sur le trottoir des peintres qui ne valent pas grand-chose : Renoir, Lautrec, Dufy. Il connaît Picasso, qui lui achète du matériel et lui confie parfois quelques toiles à vendre. Le camelot l'aborde. Pas de préambule. L'offre est directe :

— Un client m'a commandé une toile représentant un bouquet de fleurs. Il veut des roses blanches avec un peu de feuillage autour. Ça vous inspire ?

— J'ai pas de blanc, objecte Picasso.

— C'est pas grave. Le blanc, ça se salit.

— Vous ne voulez pas plutôt une valise ? questionne Apollinaire.

Il la montre. Le marchand la regarde à peine. Une idée lui est venue. Il s'adresse à Picasso :

— On pourrait s'associer. Vous, vous fabriquez des bouquets, et moi je les vends. On devient un genre de fleuristes.

— Et la clientèle n'a même plus besoin de changer l'eau des plantes, admire Apollinaire en entraînant son camarade vers le boulevard.

— Bohèmes nous sommes, bohèmes nous resterons, murmure Picasso.

— J'espère que non !

— Tu as raison : la bohème, c'est beau après.

— Tu sais à quoi on mesure la richesse ? demande Apollinaire. Aux saisons. L'été, les aristos vont faire trempette dans les eaux bleues, les bourgeois dorment à l'ombre, les pauvres soupirent au soleil.

— Mais tu es riche, toi. Non ? Il n'y a que les riches pour coiffer aussi bien les phrases et les idées. C'est ça, les poètes riches : vous shampooinez vos points de vue, vous mettez une raie au milieu des mots, vous sentez bon la grammaire…

Ils traversent le boulevard de Clichy. En chemin, Apollinaire demande à Picasso s'il accepterait de le peindre en culturiste.

— On m'a proposé un petit travail. Je pourrais diriger une revue de gymnastique. Mais il faut du muscle. Tu me portraiturerais avec du muscle.

Picasso regarde Apollinaire, cherchant le muscle sous la silhouette bien enveloppée de son camarade.

— Je ne vois pas où tu le caches.

— Invente.

— Je ne sais pas œuvrer sur commande.

— Je ne te demande pas d'œuvrer ! Seulement une esquisse…

— Je suis incapable de dessiner sur commande : donner des dessins à *L'Assiette au beurre* comme Juan Gris, ou faire poser les femmes des copains comme cette *mierda* de Van Dongen. Gagner sa vie en la perdant !

— Parfois, on n'a pas le choix.

— L'essentiel, c'est l'œuvre.

— Va dire à un type qui porte un *vrai* bleu de chauffe, qui a les doigts noirs de cambouis, de sueur et de fatigue, que l'essentiel de sa vie, c'est une œuvre !

Plus ils descendent vers la Seine, plus leur pas se ralentit. Parce que en bas, plein sud, il y a le Louvre. Le préfet Lépine y a installé son quartier général. Toutes les issues sont bloquées. Monsieur Bertillon et les services anthropométriques de la police sont à l'œuvre : on a découvert une empreinte sur le cadre enfermant le tableau de Mona Lisa. Malgré la chaleur torride (34 °C à l'observatoire de la tour Saint-Jacques), les policiers scrutent minutieusement chaque centimètre du toit. Le musée est un bunker.

— Il faut le contourner par bâbord ou par tribord, suggère prudemment le poète. Pas de face.

— On pourrait rendre les têtes, propose Picasso.

C'est n'importe quoi. Il suffit d'imaginer la tête du gardien devant qui ils ouvriraient la valise, présenteraient les sculptures, diraient : On les a un peu abîmées mais ne vous inquiétez pas, on va les remettre à leur place. Mauvaise idée.

Ils la creusent, cependant. Apollinaire lui-même a écrit dans *L'Intransigeant* que le musée était une passoire. Et chaque fois qu'il va au Louvre, Picasso, en manière de plaisanterie mais pas seulement, propose à Fernande de lui rapporter un petit quelque chose. S'il exposait une sculpture dans la galerie des Antiques, nul ne s'aviserait de la supercherie. Croit-il. Il faudrait faire l'expérience. Dit-il.

Apollinaire tend le bras vers sa droite.

— Allons jeter la valise au pont Mirabeau.

— Pourquoi le pont Mirabeau ?

— Il m'est cher.

Picasso secoue la tête.

— La Seine, finalement, ce n'est pas une bonne idée. Ces deux antiques ne nous ont rien fait. Et puis je ne me sens pas le courage de balancer dans la Seine des œuvres d'art datant du ve siècle avant Jésus-Picasso-Apollinaire-Christ.

Il y réfléchit encore et ajoute :

— D'autant qu'il faudra les reconnaître un jour comme source de mon inspiration. Sans elles, mes demoiselles d'Avignon auraient eu une autre gueule.

— D'accord, admet Guillaume en posant la valise. Mais on en fait quoi ?

— On pourrait les confier à une personne sage. Un Français insoupçonnable.

Ils font le tour de leurs amis et connaissances. Mais Juan Gris est espagnol, Modigliani et Giacometti italiens, Foujita japonais, Blaise

Cendrars suisse, Brancusi roumain, Soutine, Kisling, Chagall, Pascin, Archipenko viennent d'un Est lointain.

— Je sais ! s'écrie soudain Guillaume.

Il fouille ses poches à la recherche d'un petit morceau de papier qu'il déplie et tend à Picasso.

— Le Douanier Rousseau !

En 1911, Henri Rousseau était mort depuis un an, mais rien n'étant impossible à qui écrit une balade dans le Paris et les années d'alors, prolongeons sa vie de deux ou trois trimestres et admettons qu'au moment du vol de la Joconde au Louvre, le bon Douanier vit encore. D'ailleurs, la veille, Apollinaire l'a vu descendre au sous-sol de la Rotonde pour téléphoner à une personne habitant Laval. Preuve que le Douanier avait raison de croire en la résurrection.

Picasso observe le papier que Guillaume vient de lui donner. C'est un vieux carton d'invitation à une soirée artistique. L'adresse : 2 bis rue Perrel. En dessous, le programme a été soigneusement calligraphié :

Programme :

Céciliette (polka)
Les Clochettes (mazurka)
Églantine (valse)

Polka des bébés
Rêve d'un ange (mazurka)
Clémence (valse)

— Tu y es allé ? demande Picasso.

— Oui. Ça s'est passé comme les autres fois. Il y avait le boulanger et l'épicier de la rue, deux ou trois autres personnes, et moi. On s'est assis sur des chaises, on a mangé des carottes et des radis, et chacun a récité une comptine.

— Même toi ?

Apollinaire s'arrête et chantonne :

Les tableaux que tu peins, tu les vis au Mexique,
Un soleil rouge ornait le front des bananiers,
Et valeureux soldat, tu troquas ta tunique
Contre le dolman bleu des braves douaniers.

— Tu dérailles, observe Picasso. Le Douanier n'a jamais voyagé. Il gardait l'octroi. D'où son surnom, d'ailleurs : il vérifiait la viande qui entrait dans Paris.

— Il a voyagé jusqu'à Angers où il a fait son service militaire.

— Angers, c'est pas le Mexique.

— C'est sur la route.

— Encore une connerie que tu as écrite.

— Une erreur géographique, rectifie Apollinaire.

— *Les œuvres du Douanier sont l'unique chose que l'exotisme américain ait fournie aux arts plastiques*, se rappelle Picasso.

— Quand on voit son travail, on peut le croire, se défend Apollinaire.

Mais un bruit de sabots se fait entendre derrière eux. L'omnibus attelé Batignolles-Clichy-Odéon croisant dans les parages, ils l'arrêtent et y montent. Peut-être aperçoivent-ils le grand-père d'Henri Calet, qui fut employé par la même compagnie d'omnibus comme contrôleur avant d'être viré au bout d'une journée : il ne laissait monter que les femmes.

Donc, des femmes et deux hommes. L'un, plutôt petit, le regard perçant, la mèche lui tombant sur l'œil, semble recevoir d'on ne sait où une idée qu'il transmet aussitôt à son compagnon voyageur :

— Tu crois qu'il pourrait peindre la Joconde, le Douanier ?

Il ajoute qu'il ne verrait pas d'inconvénient à lui poser la question parce que en vérité, s'ils en sont là, c'est à cause de cette femme qu'ils ne connaissent même pas.

— On remplacerait celle qui a disparu par celle du Douanier.

— Il lui mettrait des pâquerettes autour et des cerises dans les cheveux.

— Ça lui donnerait un air champêtre… Tu devrais t'y coller, toi.

— Pas mon style.

— Tu as bien troussé cinq putains dans ton bordel d'Avignon !

— Mes putains ne ressemblent pas à la Joconde. À côté d'elles, on dirait une grand-mère ! Mais je pourrais essayer. Ils commencent à me courir avec elle ! Je vais leur en faire une nouvelle et on n'en parlera plus !

— Vas-y. Si ça marche, tu toucheras cinquante mille francs.

— Vingt-cinq fois ce que m'a payé Vollard pour une vingtaine de tableaux ! s'écrie Picasso, écœuré. Ça ne les vaut pas !

— C'est la prime offerte par le Louvre au voleur.

— Pour cette femme ?! Elle t'inspire, toi ? Tu as vu ses yeux ?

— Justement. Il y a quelque chose chez elle qu'on ne retrouve dans aucune de tes demoiselles d'Avignon : c'est le regard. La manière dont elle te fixe.

— Elle ne peut pas me fixer ! J'étais pas en face d'elle quand Vinci l'a peinte !

— Elle te fixe comme si elle te connaissait par cœur. Comme si elle savait quelque chose de toi que tu cacherais.

— Tu veux dire, la valise ?

Ils se regardent, effrayés soudain. La valise est posée à leurs pieds, et eux sur les sièges en bois de l'impériale.

— De toute façon, ce n'est pas parce qu'on retrouverait la Joconde que ça réglerait la question des têtes ibériques.

— Je pourrais en sculpter deux autres…

Ils descendent à Odéon, terminus. Ils pourraient prendre le métro, dont la ligne Nord-Sud vient d'ouvrir entre Montmartre et la porte de Versailles. Mais ils ne savent pas où se trouvent les stations, il fait beau, ils préfèrent marcher. Picasso porte la valise jusqu'à la rue du Montparnasse, où habite Brancusi, puis Apollinaire prend le relais. Il crève de chaud. Quand ils arrivent place de Rennes, Picasso se faufile adroitement entre les tramways, les voitures attelées, les charrettes, les passants, la plupart vêtus de noir comme le veut l'époque. Apollinaire le retrouve au comptoir de la Maison Robinet où ils se désaltèrent d'un Mandarin-citron. Cela fait, ils reprennent leur chemin et s'arrêtent devant le 2 bis de la rue Perrel (aujourd'hui rue Alain). Placardée sur la porte, une affichette annonce la couleur :

Dessin, peinture, musique.
Cours à domicile, prix modérés.

La porte du rez-de-chaussée, où le Douanier Rousseau a son atelier, est verrouillée.

— Montons chez lui, propose Apollinaire.

Ils gravissent un étage et frappent. Personne ne répondant, ils tournent la poignée. D'abord, la pièce leur paraît vide. Jusqu'au moment où, sous une chaise, ils découvrent un homme rapetassé sur lui-même, comme un chat roulé en boule.

— Le Douanier ? appelle doucement Picasso.

Un murmure leur parvient de dessous la chaise :

— Chuuut !

Apollinaire s'agenouille.

— Vous êtes malade ?

Le peintre promène son index de droite à gauche, comme le fléau affolé d'une balance. Puis, du même index il montre le sol et chuchote :

— Il est toujours en bas ?

— Qui ?

Le Douanier claque des dents, ses traits se brouillent, il prononce quelques mots inaudibles. Picasso se penche à son tour.

— Racontez-nous ! Qu'est-ce que vous fabriquez sous cette chaise ?

— Je me cache, souffle le peintre.

— De qui ? De quoi ?

— Le lion.

Le Douanier se masque les yeux, comme si l'objet de sa peur allait l'assaillir.

— En bas… Le lion…
— Il y a un lion ?
— Dans l'atelier, au rez-de-chaussée.

En un instant, Picasso et Apollinaire se sont redressés. Ils se consultent du regard. Ils ne se posent pas les mêmes questions que certains de leurs contemporains qui s'interrogeaient pour savoir si Henri Rousseau était aussi naïf que sa peinture ou s'il jouait merveilleusement le rôle de l'ingénu. Ils ne se posent pas la question parce qu'ils l'aiment et l'admirent. Chez le père Soulié, entre trois fers à repasser et deux poussettes d'enfant, Picasso a un jour acheté pour cinq francs un portrait de femme signé Rousseau qui traînait sur le trottoir. Il le gardera toute sa vie. Il y a chez le Douanier un primitivisme qui rejoint ses préoccupations du moment. Peu importe qu'il peigne à l'instinct, ignorant la perspective et les règles les plus élémentaires de la peinture.

— Un lion ?

Sous sa chaise, le Douanier grelotte. Il a le teint rouge écrevisse, comme toujours lorsque les émotions le submergent. Apollinaire lui prend le bras et le contraint à se redresser. Apparaît un homme d'une soixantaine d'années, le crâne dégarni, les bacchantes en guidon de vélo. Il se coiffe d'un béret aux bords très larges et murmure :

— Vous ne me croyez pas ? Il faudrait appeler la police.

D'un seul cri, les deux visiteurs s'exclament :

— Pas la police !

Au fond de la valise, les deux têtes ibériques font la grimace : seule la police aurait pu les délivrer.

— Allons voir ce lion, suggère Picasso en sortant un Browning de sa poche.

Apollinaire n'est pas plus rassuré que ça, mais derrière l'arme de Pablo, il est prêt à y aller. À l'époque, Picasso était armé et tirait sur tout ce qui bouge. Ça l'amusait. Quand il rentrait au Bateau-Lavoir après une nuit entre camarades, il réveillait le quartier en tirant des salves.

— Allons-y, répète-t-il crânement.

Ils descendent d'un degré. Le Douanier ferme la marche. Apollinaire se cramponne à la rampe, prêt à détaler. Il a laissé la valise à l'étage : inutile que les deux têtes assistent au spectacle.

Quand ils sont à la porte de l'atelier, Picasso pose un doigt sur ses lèvres, intimant le silence à ses hommes, lève la main gauche, doigts dressés, les abaisse lentement les uns après les autres, indiquant que cinq secondes plus tard il lancera l'assaut, et cinq secondes plus tard exactement, il jette son pied dans le battant tout en tournant la poignée, fléchit les jambes puis, les deux mains enfermant la crosse de son arme, sans viser, il tire trois fois, entre, se plaque contre le mur, accomplit un demi-cercle bras tendus, tire encore, se tourne et, virilement, lâche :

— C'est bon. On l'a eu.

Le lion gît contre le mur. Le bas de la gueule a été emporté par les balles. Apollinaire s'approche, prêt à constater le décès.

— Ce n'est pas un lion, observe-t-il, c'est un tigre.

Le Douanier se laisse tomber sur une chaise et soupire en s'épongeant le front à l'aide d'un mouchoir à carreaux. Il geint :

— Vous n'auriez pas dû. Maintenant, il va falloir que je lui repeigne la mâchoire.

Apollinaire raconte que Rousseau était parfois pris de panique, emporté par le réalisme de sa peinture. Ce jour-là, c'est un tigre.

— La prochaine fois, dessinez un oiseau !

— Il s'envolerait avec, se moque Pablo.

— Avant le tigre, j'avais peint un moustique. Je me suis gratté toute la nuit.

— Peignez une femme, suggère Guillaume. Vous serez moins seul.

— Justement…

Le Douanier consulte sa montre de gousset.

— Elle ne devrait pas tarder.

— Elle est mignonne ? demande Apollinaire, soudain intéressé.

— Elle danse la polka.

Un peu gêné, le Douanier poursuit, s'adressant au poète :

— D'ailleurs, si j'osais, je vous demanderais un petit mot… une attestation… pour ses parents… Je veux me marier avec elle. Je ne suis pas sûr que son père y consente.

— C'est comme si c'était fait.

— J'ai déjà un certificat de bonne conduite que m'a signé Vollard. Je suis allé chez lui avec un nouveau tableau, il a accepté de me faire un mot établissant que j'avais beaucoup progressé dans le domaine de la peinture.

— Quel tableau ? interroge Picasso.

— Guillaume et sa fiancée, Marie Laurencin, répond fièrement le Douanier. Joli portrait. Ils ont posé tous les deux ici même.

— C'était pas de la tarte ! se souvient Apollinaire.

— On a un peu patienté. Je voulais des œillets… des vrais œillets. J'ai attendu qu'ils poussent.

Apollinaire demande :

— On aperçoit le muscle sous le costume ? Il me faut une représentation de moi-même en culturiste.

— Allez voir chez Vollard, conseille le Douanier. Ça fera peut-être l'affaire.

Puis, s'adressant seulement à Apollinaire :

— Si vous pouviez écrire un petit mot à mes futurs beaux-parents pour leur dire tout le bien que vous pensez de moi. Certifier que je suis un garçon propre et consciencieux, que je gagne petitement mais honnêtement ma vie, que je ne bois pas, que je ne fume pas… Des petites choses comme ça.

— Et pourquoi demandez-vous cela à Apollinaire ? interroge Picasso, vexé. Pourquoi pas à moi ?

— Poète, ça présente mieux que peintre. Ça fait moins artiste…

— Je ne vous le fais pas dire ! s'exclame Guillaume avec satisfaction. Je vous écrirai ça.

— Ça n'évitera pas le détournement de mineur, grince Picasso.

— Il n'y a aucun risque !

— Elle a plus de vingt et un ans ?

— On fête ses cinquante-quatre ans demain.

La perspective d'un dîner aux chandelles réjouit le Douanier. Il murmure :

— On sera seuls tous les deux, Eugénie-Léonie et moi.

— Parce que en plus, elle s'appelle Eugénie-Léonie ?

— En plus de quoi ?

— De tout le reste, répond Picasso en montrant dédaigneusement le tigre agonisant en silence, les napperons de dentelle posés sur les guéridons, le béret ridicule dont s'est coiffé le Douanier.

— Je t'ai blessé ? demande le peintre avec anxiété.

— Le tigre, pas moi.

Et Picasso se détourne, prêt à remonter à l'étage pour récupérer la valise.

— Il est froissé, explique Apollinaire à mi-voix. Vous auriez dû lui demander un petit certificat à lui aussi.

Aussitôt, le Douanier attrape Picasso par la manche, tentant de le retenir.

— Mais tu sais bien, Picasso, que nous sommes les deux plus grands peintres de l'époque ! Toi dans le genre égyptien, moi dans le genre moderne.

— C'est ça, grommelle l'Espagnol. On en reparlera.

Il grimpe à l'étage et en redescend, la valise à la main.

— On aurait dû lui laisser les deux têtes, regrette Guillaume quand ils se retrouvent dans la rue.

— La prochaine fois qu'il se fera attaquer par un moineau, il appellera la police. On les emporte ailleurs.

— Où ?

C'est toute la question. Ils y réfléchissent. Vlaminck ? Il habite Chatou, c'est trop loin. Derain est à Collioure, Braque dans le Sud. Juan Gris est malade et, de toute façon, Picasso ne lui fait pas confiance. Gertrude Stein et son frère ne reçoivent que le samedi.

— Van Dongen ? suggère Apollinaire.

— *Fenómeno !* gronde Picasso.

— *Odmieniec !* réplique Apollinaire.

À titre de représailles, le peintre dépose la valise, que le poète est bien obligé de ramasser. Ils marchent un peu au hasard, l'un suivant l'autre, muets. J'en profite pour les abandonner le temps de bifurquer vers la cité Falguière, toute proche. Là, Soutine observe son ami Modigliani frapper la pierre. Ni l'un ni l'autre n'ont grand-chose à voir avec le vol de la Joconde mais, puisqu'ils sont là, et comme je les aime tout particulièrement, je m'assieds auprès d'eux, le temps de quelques mots.

Tout le drame de Modigliani se trouve ici, au cœur de cette pierre volée dans la nuit sur les chantiers alentour. Marteau et burin en main, il la sculpte en des formes allongées, futures cariatides qu'il transformera en peintures parce que son état de santé ne lui permet pas de sculpter longtemps. Il souffre d'une insuffisance respiratoire. La poussière dégagée par la pierre descend dans ses poumons, déjà atteints, et les quintes de toux le plient chaque minute si douloureusement que son ami Soutine, qui arrive de la gare Montparnasse où il gagne sa vie en transportant de lourdes caisses, arrête son bras et l'oblige à le suivre en un lieu tranquille.

C'est presque toujours la Rotonde. Là, ils commandent deux cafés-crème, boisson économique autant que nourrissante. S'il a de la chance, Soutine se fait offrir une aile de poulet par un admirateur. Il la croque, l'avale, réclame la carcasse – qui suit le même chemin –, puis il plante une fourchette dans l'assiette de son voisin et déglutit les pommes de terre volées. C'est plus énergétique que les repas de Chagall, son voisin d'atelier, qui se nourrit de croûtes de pain et d'un hareng par semaine. Mais c'est incontestablement plus risqué : il faut toute la diplomatie de Modigliani pour empêcher le client à la patate de conclure l'affaire en pugilat.

Pendant que l'Italien soigne sa toux, le Russe avale du bismuth et se masse le ventre, déchiré par un ulcère. Quand l'heure du digestif est venue, Modigliani échange ses dessins contre des verres de vermouth. Il est le prince de la Rotonde. Soutine en est le Quasimodo. Ils sont pauvres tous deux, étrangers comme beaucoup, ils mourront chacun dans d'épouvantables souffrances de la maladie qui les épuisait à vingt ans. Modigliani ne s'est jamais remis d'une lésion pulmonaire qui se transforma en tuberculose, provoquant le drame de sa vie : il voulait être sculpteur, pas peintre. Soutine l'ignorait sans doute, mais le bismuth n'a jamais soigné les cancers de l'estomac.

Tandis qu'ils digèrent chez le père Libion, nos deux amis arrivent carrefour Vavin. Picasso s'assied sur un banc. Guillaume le rejoint. Ils regardent le boulevard, qui ne ressemble en rien à celui d'aujourd'hui. Pas de voitures mais des chevaux, quelques omnibus, des terrasses bondées où les rires le disputent aux exclamations, pas d'arbres, une solide odeur de crottin, un peu la ville, un peu la campagne. Un grand village en voie de transformation.

— Qu'est-ce que ça veut dire *fenómeno* ? demande Apollinaire à son voisin assis sur le banc.

— Couillon en espagnol… Et *odmieniec* ?

— Couillon en polonais.

Ils respectent un silence de quelques secondes, une minute pas plus, le temps nécessaire à un rabibochage à peu près sincère. Apollinaire, d'une nature plus aimable – mais pas moins susceptible –, reprend la parole :

— Quand as-tu su que tu étais un génie ?

Il n'ignore pas que son copain sera sensible au compliment. Pour ne pas donner l'impression qu'il accepte la main tendue trop vite, Picasso garde le silence. Il attend que l'autre insiste. Pas trop, mais un peu quand même. Apollinaire, qui connaît bien le mécanisme des scènes pour en faire souvent à Marie Laurencin, tend la perche des réconciliations :

— Moi, j'étais un génie dans le ventre de ma mère. À la conception, mon père l'a compris. Il a fichu le camp, ce qui lui a évité de fades comparaisons.

C'est bon pour Picasso. Il peut y aller.

— Moi, c'est quand j'ai dépassé mon père. Il était professeur de dessin à Malaga, et il dessinait des oiseaux tout le temps. Quand j'ai fait ma première colombe, il a posé ses crayons. Il m'a dit que j'étais plus fort que lui. Un père a toujours raison.

Il pourrait relancer la conversation en posant une question à son tour. Mais non. Si la fâcherie s'éloigne, il ne faudrait pas que ça aille trop vite.

Apollinaire reprend :

— Le problème, c'est que nous sommes quelques-uns seulement à mesurer notre importance. Les flics ne nous connaissent pas. Les juges non plus. Pour eux, nous sommes des étrangers.

— Le drame est là, admet Picasso.

— S'ils nous prennent avec ces têtes ibériques, tout Picasso que tu sois, tout Apollinaire que tu voudrais être, ils nous rapatrieront dans nos pays respectifs.

— L'Espagne est trop petite pour moi.

— Moi, c'est l'Europe. Je ne sais pas d'où je viens. L'Italie ? La Pologne ? Ils diront que je suis un métèque, ce qui me convient très bien à condition de choisir mes frontières.

Picasso réfléchit. Au moment même où il aura décliné son identité, il sera pris. Virtuellement coupable.

— Si un juge nous trouve, dit-il, la première question qu'il nous posera, c'est comment on s'appelle. Il verra bien qu'on est étrangers…

— Sauf si on s'invente un faux nom.

— Par exemple ?

— Albert Dupont, René Pilet, Fifi Mortadelle…

— Tu t'imagines le titre de l'exposition, objecte Picasso : Fifi Mortadelle, peintre français ! Ou bien, *Les Demoiselles d'Avignon*, de René Pilet.

Il secoue la tête et ajoute :

— Je garde mon nom : Pi-ca-sso. Pablo Picasso.

— Ça fait étranger.

— Eh bien, je reste étranger. D'abord, on est toujours l'étranger de quelqu'un. Qu'ils viennent chez nous, les juges français, et je les traiterai comme ils me traitent ici ! Ils verront ce que c'est de se faire appeler Fifi Mortadelle quand son vrai nom c'est Paul, Diègue, Joseph, François de Paule, Jean, Népomucène, Crépin de la Très Sainte Trinité Ruiz y Picasso !

Apollinaire le dévisage, bouche bée.

— Vraiment ?

— C'est mon nom.

— Tu peux le redire ?

— Paul, Diègue, Joseph, François de Paule, Jean, Népomucène, Crépin de la Très Sainte Trinité Ruiz y Picasso.

Apollinaire siffle, admiratif.

— Pourquoi tu ne signes pas tes tableaux comme ça ?

— Trop long. Ça prendrait toute la toile. On ne verrait pas l'œuvre.

— Ton nom serait au firmament !

— Je suis un homme discret.

— Pas moi, réplique Apollinaire. Quand on récite un de mes sonnets, j'aime qu'on clame : « Vous venez d'entendre une poésie de Monsieur Guillaume Apollinaire »... Et le jour viendra où on n'aura même pas besoin de le dire : ça se saura tout de suite.

Il mime cet instant :

— *Sous le pont Mirabeau coule la Seine*... De qui est cette poésie ? De Guillaume Apollinaire, voyons !

Picasso hoche la tête.

— Ce que j'aime chez nous, c'est qu'on est humbles.

Il empoigne la valise et la pousse vers Apollinaire.

— Plus j'y réfléchis, plus je pense que c'est à toi de rapporter la valise. Guillaume Apollinaire, c'est très français. Tu risques moins que moi.

Apollinaire se lève. Il est un peu nerveux.

— Question étranger, je ne vaux pas mieux que toi. Mon vrai nom, c'est Wilhelm Apollinaris de Kostrowitzky.

— Il y a une particule. Ça plaide en ta faveur. Tu pourrais obtenir les circonstances atténuantes.

Ils se taisent un instant. Puis Picasso pose la question qui les taraude :

— Qu'est-ce qu'on fait si on est expulsés ?

— On revient.

— On ne pourra pas : ils surveilleront les frontières.

— Avec un faux nom…

— C'est ça, grince Picasso, amer : Fifi Mortadelle…

— Sans nous, reprend Apollinaire après un nouveau silence, la France pèse beaucoup moins lourd. À part le pinard, qu'est-ce qu'elle a ?

— Le camembert.

— La baguette.

— Litrillo ?

— À jeun, peut-être.

— Braque ?

— Sans moi, il n'existe pas.

— Léger ?

— Léger…

— Duchamp ?

— Il découvre l'Amérique.

— La Joconde ?

Les voilà brusquement ramenés à la réalité. Apollinaire a beau rappeler que Mona Lisa a été achetée à Léonard de Vinci par François Ier, et Picasso arguer que la nationalité ne fait pas l'artiste, une fois qu'ils sont revenus à leur préoccupation majeure les débats s'effacent tristement au profit de l'angoissante réalité : à qui confier la valise ?

— Vollard, propose Picasso. On fera d'une pierre deux coups : les têtes, et ton portrait par le Douanier. Lui seul est capable de t'inventer des muscles de culturiste.

— Tu ne m'as pas vraiment regardé ! conteste Guillaume en se levant. Allons-y. Je ferai une pause au Lutetia. J'ai besoin de me vider l'intestin.

— Pourquoi le Lutetia ?

— Ils ont les meilleures chiottes de Paris.

— Mieux que la Rotonde ?

— La Rotonde est numéro 3, et la Closerie numéro 2.

On peut le croire : Apollinaire, qui a l'âme scatologique et le goût du confort, a essayé toutes les vespasiennes de la capitale.

— On aura le temps d'atteindre le Lutetia ?

— Je crois que oui, répond Guillaume après avoir testé sa résistance intestinale. Ce n'est pas une déferlante.

— Une coulante ?

— Je dirais stagnante à texture raisonnable... Je peux pousser jusque-là.

— Pousse pas trop, sinon il faudra s'arrêter avant ! Chez Benoît ou chez Laurent... Mais c'est à la turque !

— Horreur ! À la turque ! Tu vois tout, tu respires tout, tu entends tout !

— Considère que c'est une œuvre intérieure.

Ils descendent l'ancien boulevard d'Enfer, devenu boulevard Raspail en hommage à ce chimiste, médecin des pauvres, républicain et défenseur des communards, emprisonné sous Louis-Philippe, Napoléon III et Thiers.

— Le malheur, reprend Picasso, changeant de sujet alors qu'ils croisent la rue de Fleurus, c'est que les juges ne savent pas qu'on est nés. Ils ne connaissent même pas notre nom. Ils se croient au Vᵉ siècle avant Picasso.

— Et au VIᵉ siècle avant Apollinaire.

— Je ne vois pas pourquoi tu aurais un siècle de plus que moi. On a le même âge.

— Peut-être, mais je suis en avance. Du seul point de vue du génie, j'ai quelques années de plus.

— L'histoire jugera.

— L'histoire a déjà jugé : elle nous a fait naître. Nous sommes là.

— Les peintres voient plus loin, plus profond que les poètes. Ils comprennent immédiatement ce que votre pensée ânonne.

— Prends la valise, coupe Apollinaire. Ça urge.

Il la dépose et file.

Quand il revient, le soleil commence à décliner. S'ils veulent arriver chez Vollard avant la fermeture des boutiques, il convient de se presser. Picasso a une dent contre Vollard : il l'a boudé pendant toute la période où, s'inspirant du Greco, il peignait dans une monochromie bleue, triste et douloureuse.

— C'était mon état quand je suis revenu à Paris. Je dessinais les femmes enfermées à la prison Saint-Lazare. J'étais aussi abattu qu'elles. J'avais tout le temps faim, je me demandais comment vivre, je peignais la nuit, éclairé par une lampe à pétrole.

— Respectons une minute de silence en hommage à ces chagrins anciens, suggère Guillaume.

Ainsi font-ils. À 45', ils sautent dans l'Odéon-Clichy-Batignolles qui passait par là. Ils descendent près de la Bourse, continuent à pied jusqu'à la rue Laffitte. Ils n'ont même pas besoin d'entrer dans la galerie de Vollard. Le tableau du Douanier Rousseau trône dans la vitrine : *La Muse inspirant le poète.* Quant au marchand, fidèle à son habitude, il dort derrière le comptoir de sa boutique.

— Ridicule, commente Apollinaire au premier coup d'œil.

Il n'avait jamais vu le tableau achevé.

— Mieux que nature, rétorque Picasso en ricanant.

— Du Rousseau tout craché.

Devant un bouquet d'arbres et derrière quelques fleurs poussant bien droit, Marie Laurencin, en robe plissée, se tient à côté de Guillaume

Apollinaire, costumé en bourgeois de province. C'est naïf en diable et aucunement ressemblant. On comprend que Guillaume ne soit pas content : avoir posé pendant des heures pour obtenir ce résultat ! À moins d'être dans les petits papiers du Douanier, personne ne peut reconnaître le poète et sa muse. Sauf Picasso qui, hilare, commente :

— C'est tout toi. Et tout elle.

Excès d'indulgence : Marie Laurencin ressemble à une matrone en route pour la messe, et Guillaume à un pépouze en préretraite.

— C'est pas avec ça que je serai recruté comme journaliste-haltérophile ! se lamente le poète.

— Et si on confiait la valise à Vollard ?

— Il dort tout le temps.

C'est sa réputation autant que la vérité. Plutôt que de l'installer à son comptoir, ronflant yeux clos, j'aurais pu le planter devant le chevalet de Bonnard, qui avait placé un chat sur ses genoux pour le tenir éveillé ; ou devant celui de Cézanne, qui l'avait installé au sommet d'un échafaudage bringuebalant d'où il aurait chuté à la première tentation du sommeil.

— S'il dort et que la police survient pour prendre la valise, il n'entendra rien.

— Alors passons notre chemin.

Ils s'éloignent sur la pointe des pieds pour ne pas réveiller le marchand.

— Où on va ?

Apollinaire propose de retourner au Bateau-Lavoir.

— Et pourquoi pas chez toi ?

— Ça va salir.

— Qu'est-ce qui va salir ? Les têtes ?

— La valise. On l'a trimballée partout.

— Tu es un maniaque ! Ta cervelle est rangée comme un placard !

— Ça procure certains avantages.

— Quand on va chez toi, on ne peut pas s'asseoir sur le lit parce que ça fait des plis, on ne peut pas déplacer un fauteuil parce que ça fait désordre, on ne peut pas fumer parce que ça salit l'atmosphère, et si Marie Laurencin te pique une rondelle de saucisson tu demandes le divorce et appelles la police !

— Tu as raison, bougonne Apollinaire après un silence venimeux. Retournons chez toi. C'est sale et pas rangé, mais on s'y sent bien…

— Qui porte la valise ?

— J'ai fait l'aller, tu fais le retour.

Ils retraversent la Seine et se réfugient sur les hauteurs de Montmartre. Le Sacré-Cœur élève sa froideur blanche sur les cadavres des communards fusillés quarante ans plus tôt. Thiers a commandé l'édification cette horreur architecturale pour faire comprendre à tous que le sabre et le goupillon pèsent plus lourd que la faute révolutionnaire. Question de point de vue. Les Versaillais ramassaient les Parisiens prolétaires, observaient main et épaule, et si la main était salie par la poudre ou l'épaule bleuie par le recul du chassepot, le coupable était embarqué au mur des Fédérés et abattu séance tenante. Soixante mille mains pour autant d'épaules, la plupart en fosse commune. Autre terreur, moins condamnée que celle de Robespierre.

— Dans cette affaire, commente Apollinaire en obliquant vers la rue Gabrielle, le château de Versailles l'a emporté sur l'Hôtel de Ville. La noblesse a pris sa revanche sur le tiers état.

— Sauf que c'étaient des bourgeois, objecte Picasso.

— Parce que les nobles ont changé de costume.

Rue Berthe, ils croisent Utrillo qui peint d'après modèle : une jeune personne bien en chair tient la pose sans bouger. Quand elle les voit, elle grince :

— Je suis là depuis midi ! J'espère au moins que c'est beau !

— Très ressemblant, articule Utrillo entre deux lampées d'eau de Cologne.

— Observons silencieusement, propose Picasso.

C'est un piège. Il se soucie aussi peu d'Utrillo que de son travail. Mais comme c'est lui qui tient la valise, il lui revient de la poser au sol, après quoi, partage des tâches oblige, il suggérera à l'ami poète de la ramasser.

Le modèle s'impatiente. Ça se remarque à la manière dont la jambe tressaille, comme électrisée par une pulsation mécanique des nerfs. Concentré sur sa palette malgré les six bouteilles vides se désolant à ses pieds, Utrillo poursuit sa tâche.

— C'est bientôt fini, ânonne-t-il.

Cinq minutes encore, et il dépose ses pinceaux sur le rebord du chevalet. Il prend du recul pour admirer.

— Viens voir comme c'est beau !

Le modèle abandonne la position, contourne la toile, observe et lâche :

— Tu te fous de ma gueule ?

— Certainement, murmure Apollinaire à voix très basse.

— Tu me prends pour une courge ? Tu trouves que c'est ressemblant ?

— J'ai plus à boire ! se lamente Utrillo.

— Vous me reconnaissez ? demande la jeune fille aux deux quidams qui retiennent à grand-peine une inextinguible envie de rire.

— Pas tellement, reconnaît Picasso.

— On a fait pire, enchaîne Apollinaire.

— Vous voyez ce qu'il a peint, cet abruti ? Me faire poser une demi-journée pour ça ?

Et brusquement, avec la célérité d'une gifle bien envoyée, le modèle renverse chevalet, palette et tableau. Loin de représenter une jeune personne nubile appuyée contre le tronc d'un arbre sec sur les hauteurs de Montmartre, l'œuvre montre une maison de campagne à demi ensevelie sous la neige.

— C'est pas ma gueule ! clame le modèle en disparaissant.

Picasso descend du trottoir et commente :

— L'inspiration, ça ne se discute pas.

Il ajoute, observant Apollinaire qui, délaissant la valise, le rejoint :

— On ne confie pas un trésor datant d'avant Jésus-Christ à un poivrot.

— Tu oublies quelque chose.

— Il ne me semble pas.

— Tu crois que la valise va faire son chemin toute seule ?

— Avec toi !

— Je l'ai portée depuis le boulevard. À toi maintenant.

— La distance entre ici et le boulevard est beaucoup plus courte que celle qui nous a conduits de Montparnasse à la Seine.

— Peut-être, mais ça monte plus.

Comme il faut bien avancer, confions les têtes ibériques à l'un des deux sans préciser lequel pour que ni lui ni l'autre ne nous accuse de favoriser celui qui se retrouve les mains vides.

— Tu sais pourquoi Utrillo peint ? interroge Picasso.

Apollinaire ne répond pas.

— Parce qu'un médecin a conseillé à sa mère de lui acheter des pinceaux pour le détourner de la bouteille. Elle l'a enfermé dans sa chambre et il est ressorti avec une toile. Ça a commencé comme ça.

Apollinaire reste mutique.

— Ça t'intéresse de savoir comment ça s'est passé pour moi ?

Sans réponse de son copain, Picasso raconte qu'à dix ans il dessinait aussi bien que son professeur de dessin, qu'à quatorze il dépassait son père, qu'à seize il était brillamment reçu à l'académie royale de Madrid, qu'à dix-neuf il représentait son pays à l'Exposition universelle de Paris, qu'à trente il se promène comme un crétin dans Paris avec une valise contenant l'une des multiples sources d'une inspiration protéiforme.

— C'est pas toi qui la portes, la valise, marmonne Apollinaire.

— Inspirer, expirer, fait Picasso en inspirant avant d'expirer. Toi qui es familier des mots, débrouille-moi ce sortilège : quand j'inspire, je vis ; mais quand j'expire, je meurs.

Il mime un peintre expirant à Montmartre au début du siècle dernier.

— Est-ce que ça veut dire que le souffle de l'inspiration expire sur la toile inspirée ?

Picasso réfléchit. Apollinaire a mis de la distance entre eux : dix pas.

— Oui, c'est exactement ça : je tue le souffle de mon inspiration en la traduisant sur la toile. Quand c'est peint, l'inspiration est morte. Il m'en faut une nouvelle. L'art est une respiration : inspiration/expiration. Toute œuvre achevée est une petite mort.

Il s'arrête et répète, sentencieux :

— Toute œuvre achevée est une petite mort.

Il est content : il a gagné sa journée. Apollinaire n'est pas en reste. Il assure la valise dans sa main gauche, prend un petit élan qui lui permet de dépasser l'inspiré expirant, cela tout en sifflotant un air léger sur lequel se posent délicatement les vers d'une poésie qui vient d'éclore :

L'anémone et l'ancolie
Ont poussé dans le jardin
Où dort la mélancolie
Entre l'amour et le dédain

Il s'arrête au bas d'un escalier. Picasso le rejoint. Apollinaire sourit, goguenard, un brin suffisant.

— Tu as vu l'inspiration ? Tu as admiré le souffle ? Mieux qu'Erik Satie.

Lequel compose en marchant, le plus souvent d'Arcueil à Paris, s'arrêtant seulement pour noter ses gammes.

— À ton tour. Essaie !

— Tu crânes, attaque Picasso.

Il a raison : quatre vers s'inscrivent dans un livre. Impossible ici de reproduire le portrait d'Ambroise Vollard ou celui de Daniel-Henry Kahnweiler. C'est injuste. Picasso a droit à une revanche.

— Donne-moi la valise.

Il la prend et grimpe quatre à quatre les marches menant de la rue du Chevalier-de-La-Barre au jardin de la Turlure. Parvenu sur les hauteurs, il se retourne, s'appuie à la rampe et ricane en observant le poète, tout gros, tout soufflant, tout suant, qui le rejoint avec deux minutes et dix secondes de retard.

— Tu seras toujours le premier, grince le poète.

Il voit juste, Apollinaire. Peut-être connaît-il un dessin de Picasso datant de l'époque où il avait peint *Les Derniers Moments* pour l'Exposition universelle de 1900. Il s'était représenté en compagnie de ses copains espagnols. Il ouvre la marche, les autres suivent. Les noms de chacun sont inscrits sous leurs silhouettes respectives. Sous le plus petit de tous, qui n'avait pas encore découvert le Bateau-Lavoir, on lit cette inscription toute simple : *Moi.*

Lui.

— Ce qui m'embête chez moi, commence Picasso après que Guillaume s'est assis sur la dernière marche de l'escalier pour reprendre son souffle... ce qui m'embête...

— Stop ! interrompt l'autre.

Il sort un calepin et un crayon de sa poche, humidifie la pointe.

— Il faut que je note cette expression. Tu peux la redire ?

— Je disais « ce qui m'embête, c'est...

— Non ! Tu as dit : « ce qui m'embête *chez moi* ».

— Ce qui m'embête chez moi, c'est toi, gronde Picasso, exaspéré.

— Et moi, ce qui m'embête chez toi, c'est l'usage de ce petit pronom, « moi », qui affleure sans cesse au bord de toi.

Picasso réfléchit. Comment se sortir de ce mauvais pas ? En fait, c'est tout simple. Quand ils sont là, l'un assis sur une marche d'où tout Paris se dévoile, l'autre un pied sur la valise contenant les têtes ibériques, la bohème est en passe de finir. Ils ne le savent pas. Ils croquent encore la pomme de l'amère misère. Leur seul espoir, l'unique horizon est borné par un avenir qu'ils imaginent radieux : ils ont confiance en leur talent. Et c'est ce que Picasso répond à Apollinaire après y avoir réfléchi pendant une petite minute :

— Quand tu crèves de chaud ou de froid, de faim ou de soif, t'as intérêt à croire en toi. T'as intérêt à penser que t'es le meilleur. T'as intérêt à dire *moi je*, puisque les autres ne te regardent même pas.

Picasso soupire.

— Tu peux vivre, toi, sans qu'on te voie ?

— Non. Sans qu'on me remarque, oui. Sans qu'on me voie, non.

— Pour être vu, il faut être remarquable.

— Soyons-le, répond Apollinaire qui, se levant, empoigne la valise.

C'est une manière de faire la paix avec son copain. Et Picasso l'entend bien ainsi, qui chemine à côté de lui, assurant qu'à la première fatigue, il prendra le relais.

La lumière, cependant, baisse. Ils tournent autour de la Butte depuis deux bonnes heures déjà. Ils sont passés rue Tourlaque, où vit Derain, rue d'Orsel, où est Braque. Ils ne savent plus trop quoi faire. Jeter leur trésor à la Seine leur semble une mesquinerie définitivement inenvisageable. C'est comme si, mille ans plus tard, deux nigauds brûlaient *Le Vieux Guitariste aveugle* ou *Les Onze Mille Verges*. Or, deux mille ans plus tard, c'est trop tard. Ils comptent bien recevoir les honneurs de la postérité beaucoup plus tôt.

— Quand ? interroge Guillaume.

Le poète Max Jacob pourrait lui donner la réponse. Il lit l'avenir dans les tarots, la Kabbale, le marc de café ou les lignes de la main. Mais il y a danger : l'écoulement du temps conduit à une fatalité redoutable. Le spectre de la mort terrorise Guillaume Apollinaire. Max Jacob l'épargnera-t-il ?

Jusqu'à la venue d'Apollinaire, Max Jacob était le meilleur ami de Picasso. Il l'a nourri, logé, presque habillé, il lui a appris la langue française, il a frappé à la porte des galeries de peinture pour faire venir les marchands jusqu'aux portes du Bateau-Lavoir.

Max Jacob, poète breton. Quand il croise le chemin des deux gaillards, il est désespéré. Une fois de plus, les églises de Montmartre lui ont fermé leurs portes. Les curés de l'endroit connaissent trop les confessions de l'infidèle pour les entendre encore. Ils n'en peuvent plus. Chaque fois, agenouillé dans le confessionnal, yeux clos et mains jointes, Max raconte ses fornications pédérastiques et les snifs d'éther qui égaient ses soirées. Picasso aurait pu dessiner un homme d'Église fuyant son édifice, se bouchant les oreilles pour ne pas entendre Max, seul dans le confessionnal, raconter ses frasques. Dommage que le peintre, qui s'est pourtant souvent moqué de son ami, n'ait pas laissé à la postérité une esquisse de cette scène.

Jeté hors des murs des basiliques, Max descendait doucement vers la pharmacie de nuit de la gare Saint-Lazare où il s'approvisionne en bouteillons d'éther. Une petite inspiration, et hop, le chagrin s'en va. Tombant sur ses amis, il diffère l'instant des réconforts. Pablo, il l'aime comme la porte de sa vie (dit-il). Avec Apollinaire, c'est plus compliqué. Avant son arrivée dans la bande, Max était le premier dans le cœur de l'Espagnol. Depuis, il est relégué. Moins brillant, plus scandaleux, moins bien introduit dans le grand monde où Guillaume a ses entrées. Difficile de lutter contre un garçon dont la culture est admirable, la plume alerte, le carnet d'adresses bien rempli.

Max Jacob est infiniment touchant. C'est un homme plein de facéties et de douleurs enfouies. Un clown tragique. Homosexuel (on disait alors pédéraste ou inverti), juif converti au catholicisme, éthéromane, souvent raillé, adoré par beaucoup.

Il avait un « truc » grâce auquel ses correspondants mesuraient l'affection qu'il leur portait : plus le *J* de *Jacob* descendait bas sur la lettre, plus il les aimait. Et s'il confiait un talisman à l'un de ses proches, le poids de l'objet indiquait le degré d'amitié ou d'inimitié qu'il lui vouait.

Avec Picasso, cela varie selon les jours : entre passionnément et pas du tout. Pour Apollinaire, c'est plus simple : tant qu'il est seul, l'aiguille oscille entre un peu et beaucoup. Mais s'il se promène dans les rues de Montmartre avec le peintre espagnol sans que celui-ci ait invité le bon Max à les rejoindre, on est dans le rouge : pas du tout. Lorsqu'il les voit, par-devers lui, Max dessine un *J* démesuré sur la supplique jalouse qu'il élabore aussitôt dans sa tête. Pas besoin de talisman : Guillaume peine à porter une valise sans doute emplie de tous ses péchés.

Mais Pablo appelle. Aussitôt, le sourire revient au poète : une invite !

— Max !

Il accourt. Il s'empare aussitôt de la main du peintre.

— On voudrait te confier un petit bagage, dit Picasso. Que tu en prennes soin comme d'un missel.

— Considère que c'est fait.

— On avait pensé le donner à Utrillo...

À l'énoncé de ce nom, Max se couvre les yeux.

— Pas lui ! Il m'a accusé de l'avoir violé !

— C'était vrai ?

— Pas qu'il sache : il était ivre mort.

Max sort un flacon d'éther de sa poche, l'ouvre et le tend aux deux autres.

— Non merci, fait Apollinaire.

— Un autre jour... Max, dis-nous si les juges nous expulseront.

— Qu'avez-vous fait, brigands ?

— La Joconde...

On lui explique. Max prend une mine inquiète, s'empare de la main de Picasso, la pelote et la repelote avant que le peintre ne la lui retire.

— Je te demande juste de lire !

— Il faut bien que je me chauffe !

— Pas trop, réplique le peintre en rendant sa paume.

Max la caresse derechef.

— Quand il est arrivé à Paris, dit-il à Guillaume, je voulais l'épouser.

— À mon avis, difficile.

— On habitait ensemble, on dormait dans le même lit.

— Pas vraiment, réplique Picasso qui, coupant court à des interprétations qu'il jugerait offensantes, précise :

— La nuit, je peignais et lui dormait. Quand il se levait, je prenais sa place.

— On vivait sur ma bourse. Je m'étais fait balayeur dans un bazar. Je livrais dans Paris en poussant une charrette à bras. Depuis, j'ai des crampes.

— Ça s'est terminé comment ? questionne poliment Guillaume.

— J'ai été renvoyé pour incapacité générale.

— C'est pas le sujet, réplique sèchement Picasso. Ce qu'on veut savoir, c'est si tu vois de la prison dans nos destinées futures.

De nouveau, il tend la main, paume en dessous.

— Regarde bien.

Troublé, Max Jacob observe le dos de la main et décrète qu'il ne voit rien.

— Dans l'autre sens, la main, conseille Apollinaire.

Max approche la paume de son visage. Picasso se crispe : y déposerait-on un baiser, fût-il léger ?

— Il n'y a pas de barreaux sur la ligne de vie, expertise Max.

— Et la ligne de chance ?

— Concentrons-nous.

Le silence tombe sur le trio. Max Jacob est penché sur la main de Picasso. Il la caresse du pouce, un peu plus que nécessaire. Comme l'autre s'apprête à la retirer, il se décide à conclure :

— La ligne de vie est contrariée par les amours… Tu as raté le coche… Quelqu'un t'attendait… Une personne de Bretagne… Oui : un Breton… Un poète breton… Très intelligent. Très drôle…

Picasso le coupe brutalement : ce qu'il veut savoir, c'est s'il sera expulsé de France.

— Pas d'avis sur la question, énonce Max en lâchant la main. Tu manques de concentration. Je ne peux pas te dire.

Il boude. Max est susceptible. À son tour, Guillaume lui tend sa main.

— Et moi ?

— Toi, tu aurais dû rester au Vésinet, chez maman.

— Ne fais pas ta mauvaise tête, reproche Picasso. Pour une fois qu'on te demande un service…

— Ce n'est pas le premier, et je suppose que ce ne sera pas le dernier, bougonne Max en prenant la main d'Apollinaire.

Il y jette un coup d'œil et la lâche presque aussitôt.

— C'est grave ?

— Pas trop.

Guillaume blêmit. Max reprend la paume.

— Marie Laurencin et toi allez vous quitter.

— Quand ?

— Bientôt.

— Qui s'en va ? Elle ou moi ?

Max secoue la tête.

— C'est pas marqué.

Il ajoute :

— Mais tu ne resteras pas seul.

L'œil de Guillaume frise.

— Elle est comment ?

— Passable.

— Ça ne m'étonne pas, commente Picasso.

— J'en vois deux. Et même trois, visionne le mage, penché sur la main du client.

— Se chevauchant ?

— Se suivant.

— Quel âge ?

— Consommables.

Macho, Max. Pas autant, cependant, que les deux autres. Travers courant pour l'époque. À peu près autant que l'antisémitisme au XIXe siècle.

— Et la frontière ? s'inquiète Picasso. Tu la vois quelque part ? Avec nous menottés aux poignets de deux gendarmes ?

Max se concentre.

— Je distingue une blessure. À la tempe.

— Mortelle ?

— Non.

— Ouf, se rassure Apollinaire.

Il se tourne vers son compère :

— Au moins sait-on que nous ne serons pas condamnés à mort !

— Pour deux têtes ibériques, ce serait cher payé.

— Mais tu mourras quand même, observe Max.

— Inévitable.

— Le tout est de savoir quand et comment.

— Veux-tu que je te le dise ?

— Non merci.

Apollinaire reprend sa main.

— Pas courageux le garçon ! observe Picasso.

— Tu ne le savais pas ? finasse Max Jacob après avoir tourné une langue vipérine une demi-fois dans sa bouche.

— Vous ne me connaissez pas ! rétorque Guillaume.

Crânement, il tend la main. Il se mord les joues comme s'il devait résister à une douleur quasi intolérable. Brave parmi les braves.

— Vas-y. Ne te dégonfle pas. Je suis prêt à tout entendre.

Max Jacob prend la main, observe, se concentre et dit :

— Il va y avoir une grande guerre… Tu vas t'engager. Une guerre entre la France et d'autres pays… Tu seras du côté de la France. Blessé près de la ligne de front.

Apollinaire se rengorge :

— Belle mort ! Belle mort pour un poète !

— J'ai pas dit que tu mourrais là, riposte Max. Mais ce sera à peu près au même moment.

— Tu ne peux pas me faire mourir à la guerre ? Je préférerais.

— Ce n'est pas moi qui décide.

— Tu ne vois pas de frontières ? On me garde en France ?

— Ouais. Ta ligne de vie reste dans le tricolore.

Apollinaire est satisfait.

— Patriote, blessé à la guerre ! Beau destin !

— Tu mourras chez toi, énonce Max en suivant une ligne de vie qui s'éloigne dangereusement de la ligne de chance. Dans ton lit avec du monde autour de toi.

— Qui tu vois ?

— Lui, répond Max en désignant Picasso. Une femme et moi.

— Ça prouve que tu meurs avant nous, sourit Picasso.

— Bonne nouvelle, répond Guillaume : vous serez gâteux, pas moi.

— On te pleurera.

— Longtemps ?

— Assez, poursuit Max.

— Mauvaise nouvelle, commente Picasso. Ça veut dire que tu meurs jeune.

— Ou vous très vieux !

— Moi, à soixante-sept ans, dit Max. Pablo à quatre-vingt-onze.

— Comment tu le sais ?

— Marc de café.

Il s'interrompt.

— Et moi ? demande Guillaume, soudain inquiet.

— C'est pas clair.

Max lui saisit le poignet.

— Tu veux vraiment le savoir ?

— Moins de soixante ?

— J'ai la date, pas le chiffre.

— Vas-y…

— 9 novembre 1918.

— Ça fait…

Pablo compte sur ses doigts.

— Plus que sept ans !

— L'année de tes trente-huit ans, confirme Max devenu funèbre. Va falloir annoncer la nouvelle à ta mère.

Guillaume est pris d'un tremblement qui l'agite tout entier. Max tente une parole consolatrice. Il dit :

— Tu ne seras pas le seul.

— On va tous mourir, confirme Picasso, ébranlé néanmoins à l'idée de perdre son grand ami si vite.

— Qu'est-ce qui m'emporte ? bafouille Apollinaire. Je meurs dans un lit, d'accord, mais est-ce le mien ?

— Oui.

— Une place, deux places ?

— Lit double.

— Quelqu'un à côté ?

— Non, parce que tu seras contagieux.

— Précise, ordonne Picasso.

— Il va mourir dans son lit d'une maladie mortelle.

— Mortelle, s'il en meurt, c'est sûr.

— Grippe espagnole, pronostique Max Jacob. Trente millions de morts en tout.

— Dont moi, pleurniche Apollinaire.

Il en laisse tomber la valise.

— Ça ne fait pas mal, console Picasso. Rien de ce qui vient de mon pays ne fait mal.

— Ça tue sans douleur, précise Max Jacob. Tu ne sentiras rien.

Ce qui ne s'est pas révélé exact. La mort de Guillaume Apollinaire, survenue au 202 boulevard Saint-Germain, dernier étage, deux-pièces avec balcon, est aussi bouleversante que celle de Max Jacob.

Apollinaire sortait de la Première Guerre mondiale. Il y avait été blessé. Ses hommes l'adoraient. Il était sous-lieutenant. D'une bravoure extraordinaire. Premier au feu, toujours. Il était sorti de là trépané mais bien vivant. La maladie l'a fauché comme elle en a attrapé tant d'autres. Il a vu la mort venir. Il était terrorisé. Il avait essuyé les charges allemandes, gaz, shrapnels, obus, sans jamais se plaindre. Mais l'agonie dans un lit, c'était trop. Il suppliait ses amis, les médecins, celle qui était devenue sa femme quelques mois plus tôt, il les suppliait de le sauver. Il voulait vivre. Écrire et séduire. Fêter la victoire sur le Boche. Être encore, et pour longtemps, le poète incontournable, protéiforme, qu'il était devenu.

À cinq heures de l'après-midi, le 9 novembre 1918, la faux trancha.

Vingt-six ans plus tard, au mitan du siècle en guerre, Max Jacob agonise sur une paillasse du camp de Drancy. Pendant l'Occupation, il s'est caché à Saint-Benoît, dans une abbaye du Loiret. L'époque n'est plus la même. Quoi qu'on fasse, l'identité demeure. Max porte l'étoile jaune, il est interdit de publication, subsiste en recopiant ses manuscrits qu'il vend à des collectionneurs – dont

Paul Éluard qui les achète par pure générosité. Il enseigne le catéchisme aux enfants du village, fuit les cafés où les juifs sont interdits, sert la messe chaque matin, à cinq heures. Les siens ont tous été arrêtés. Sans moyens pour venir à Paris soutenir sa sœur dont le mari a été torturé (il sera assassiné), il envoie cette lettre bouleversante à l'administration ferroviaire :

Monsieur le Directeur des Chemins de fer,

Je suis poète, et comme tous les poètes, sans ressources. Je serais très désireux d'aller voir à Paris ma sœur dont le mari vient d'être arrêté. Vous m'obligeriez beaucoup en m'envoyant un billet de faveur me permettant de faire le voyage…

Max Jacob, poète.

En janvier 1944, pour tenter de sauver sa sœur, arrêtée trois ans après son mari, Max écrit à Jean Cocteau, lui demandant d'intercéder auprès de Sacha Guitry, bien vu des Boches qui s'assoient régulièrement au parterre de ses pièces. Guitry a cette réponse extraordinaire : « Ce serait lui-même, je ferais quelque chose. Mais un Israélite quelconque, je ne peux rien. »

Un mois plus tard, Max, à son tour, est arrêté. Il est embarqué à la prison militaire d'Orléans, enfermé dans une cellule où croupissent une soixantaine de détenus. Il tente de les soulager. Comment ? En leur chantant des airs d'Offenbach. C'est tout à fait lui : la comédie affleure sans cesse au sein du drame. Dans le train qui remonte vers Drancy, il écrit à Cocteau :

Cher Jean,

Je t'écris dans un wagon par la complaisance des gendarmes qui nous encadrent.

Nous serons à Drancy tout à l'heure. C'est tout ce que j'ai à dire.

Sacha, quand on lui a parlé de ma sœur, a dit : « Si c'était lui, je pourrais quelque chose. » Eh bien, c'est moi. Je t'embrasse.

À Drancy, Max pourrait faire sien ce mot de Tristan Bernard, qui passa lui aussi par là (mais en sortit) : « Notre position s'améliore ; hier nous vivions dans l'angoisse ; à partir de maintenant nous vivrons dans l'espérance. » Quand il apprend que sa sœur a été déportée la veille, la broncho-pneumonie dont il souffre depuis son arrestation le terrasse. Il est emmené à l'infirmerie du camp. Il y meurt le 5 mars.

Mais nous n'en sommes pas là. Deux guerres nous attendent sans qu'on en distingue encore les contours. Restons à Montmartre, un soir paisible.

L'air est très doux, très pur sur ces hauteurs bienheureuses. Plus bas, après les grands boulevards, scintillent les lumières d'une autre vie, celle des marchands et des bourgeois qui s'aventurent parfois sur les hauteurs pour s'encanailler là où ripaillent les bohèmes.

À l'angle des rues d'Orchampt et Lepic, tandis que Max disparaît dans le sillage d'un gendarme qu'il va tenter de convertir à sa cause, Guillaume Apollinaire demeure immobile, assommé par la nouvelle qu'il vient d'apprendre. Pablo le réconforte comme il peut, assurant que Max n'y connaît rien en matière de prévisions, qu'elles soient d'ordre météorologique ou biographique.

Guillaume regarde sa main, compare sa ligne de vie à celle de son camarade. Elles sont aussi longues et aussi imparfaitement inscrites dans l'épiderme des paumes.

— Il doit se tromper, murmure-t-il.

— Max se trompe tout le temps, confirme Picasso.

Il espère que non. Quatre-vingt-onze ans, ça ouvre des perspectives. On a le temps de voir venir. On peut se montrer attentionné à l'égard d'un petit trente-huit qui n'en mène pas large.

— Allons boire un coup, propose-t-il.

— Pas envie.

— Une petite visite au bordel ?

— Pas les sous.

Picasso ramasse la valise.

— Regarde, je te soulage d'un grand poids.

— C'est pas le plus lourd. Comment tu réagirais si tu apprenais qu'il te reste sept ans à vivre ?

— Je ne suis pas logé à meilleure enseigne ! Moi, j'en ai encore soixante-deux à tirer !

— J'échangerais volontiers.

— Je mourrai chenu et tout tremblotant. Tandis que toi, tu seras au meilleur de ta forme ! Un beau cadavre !

Il s'arrête, observe son camarade avec un œil de peintre, trace des contours imaginaires et s'exclame :

— Magnifique ! T'as du biceps, le ventre un peu rond mais la maladie t'amincira, belle moustache, fringant de port ! De quoi te plains-tu ?

— De ne pas être toi.

— Je te comprends, admet Picasso. Être moi présente quelques avantages.

— Tu me pleureras ?

— Promis.

— Tu me feras une petite sculpture en hommage ?

— Certainement.

— Tu la vois comment ?

Picasso dépose la valise et sort carnet et crayon d'une poche de son bleu de chauffe.

— Ne bouge pas.

Il dessine à grands traits, rectifie du pouce, ombre avec un peu de terre montmartroise puis, satisfait, montre au modèle.

— C'est moi, ça ?

Un officier en grand uniforme allongé sur un lit, yeux clos, sabre et képi au côté.

— Je ne me reconnais pas !

— C'est normal : tu es mort.

Troisième jour

Cette nuit-là, ils dorment au Bateau-Lavoir. La valise contenant les statuettes ibériques les ramène dans le monde de bric et de broc qui n'est plus vraiment le leur en 1911. En vérité, l'année du vol de la Joconde, Picasso et Fernande habitent boulevard de Clichy. Un appartement bourgeois en diable. Et bien rangé. Les Picasso ont une dame à leur service. Elle fait la cuisine et le ménage. Le peintre a gardé un atelier au Bateau-Lavoir. Il s'y rend souvent. Peut-être y reçoit-il une ou deux maîtresses, à cette époque Eva Gouel, qu'il va bientôt piquer au pauvre Marcoussis. Mais c'est une autre histoire.

Picasso expose et Apollinaire publie. L'un vit de son pinceau et l'autre de sa plume. Cependant, le recel dont ils pourraient être accusés les fragilise terriblement. Ils ne m'apparaissent pas tout à fait comme les gamins décrits par Fernande Olivier dans ses Mémoires : *Des enfants contrits, épouvantés*. Ils sont moins terrorisés ou affolés que sujets à cette angoisse qui touche certains de leurs voisins quand les carabistouilles risquent d'être démasquées. Montmartre, à l'époque, est un mélange d'artistes sans le sou, d'anciens communards, d'habiles pickpockets, de journalistes écrivant dans des feuilles libertaires vendues deux sous et tirées à trois exemplaires. On évoque les causeries de Libertad, on révère les anciens du journal *L'Anarchie,* dont le code typographique et moral bannit l'usage des majuscules, on chante Bruant, la Goulue, Rayon d'Or. Et on craint le gendarme. Quand ce n'est pas pour soi, c'est pour les camarades.

Personne ne m'en voudra de coudre mes pages en mêlant les années. 1904 ou 1911, après tout, ça ne change pas grand-chose au tableau qui m'intéresse : tresser des lauriers à ceux que j'appelle les anartistes. Beaucoup étaient les réfugiés de leur temps. S'ils étaient entendus aujourd'hui par un juge d'instruction comme ils le furent à leur époque, nul doute que leur pire crainte se fût réalisée : Picasso et Apollinaire auraient été expulsés.

Quel prétexte eût-on trouvé ?

Pour Apollinaire : a dirigé *Le Tabarin,* une revue anarchiste.

La revue en question était imprimée à quelques dizaines d'exemplaires, tous vendus à Montmartre ; Apollinaire en fut l'éphémère directeur entre 1903 et 1904.

Pour Picasso, on eût trouvé un peu plus de grain à moudre. À condition de bien chercher et d'aligner les rapports de mauvaise foi. En 1901, quand il arrive à Paris, il loge chez un ami peintre, espagnol lui aussi, fiché comme anarchiste. L'année précédente, il a signé un appel en faveur de quelques libertaires emprisonnés dans les prisons espagnoles. Cela suffit aux gendarmes pour le placer sous surveillance. Que découvre-t-on ?

Le 18 juin 1901, le commissaire de police chef de la 3e brigade de la Direction générale des recherches (l'ancêtre des Renseignements généraux devenus la DGSI) établit un rapport *au sujet du nommé PICASSO RUIZ PABLO à qui l'anarchiste surveillé Manach Pierre donne asile.* Il s'avère que *le monsieur travaille chez lui comme artiste peintre*, qu'*il reçoit la visite de plusieurs individus inconnus,* quelques lettres venant d'Espagne, des journaux aux titres inconnus, qu'il sort tous les soirs et rentre au petit matin seulement. Précision : *Il lui arrive de découcher.* Ces messieurs de la Préfecture ont eu accès à son domicile, sans doute grâce à la bienveillance de la concierge, grâce à quoi nous savons ce qu'ils ont découvert : *Il a peint dernièrement un tableau représentant des soldats étrangers frappant un mendiant tombé à terre. Il a en outre dans sa chambre plusieurs autres tableaux représentant des mères de famille qui sollicitent l'aumône à des bourgeois et que ces derniers repoussent.*

J'ignore quels étaient les titres de ces tableaux, probablement des œuvres majeures de l'époque où Picasso peignait en bleu. Ah, si les pandores avaient su !

J'imagine qu'au cours de la nuit passée au Bateau-Lavoir, les deux amis parlèrent de la menace d'expulsion qui pesait sur eux. Et que, s'éveillant, ils cherchèrent le meilleur moyen d'y échapper.

Retrouvons-les au pont Mirabeau, où Apollinaire a tenu à se rendre pour y voir Marie Laurencin, qui s'y promène chaque jour. Il tient à vérifier *in vivo* les prédictions de Max Jacob.

Quand ils arrivent, le poète murmure :

Sous le pont Mirabeau coule la Seine
Et nos amours
Faut-il qu'il m'en souvienne
La joie venait toujours après la peine

— C'est beau, apprécie Picasso.

— On a de la chance, nous les poètes, de pouvoir rimer comme ça, au mitan du jour, tout naturellement. Les peintres, il vous faut un carnet, des crayons, des tubes, une toile, un chevalet… Moi, je peux inventer un pont Mirabeau en trois minutes

— … Et moi, faire ton portrait dans le même temps ! Et, alors que tu es dans l'effort et la construction, je suis dans la jouissance ! Chaque trait est un plaisir. Tandis qu'une phrase, c'est toute une architecture. Le temps de penser à un seul mot, par exemple architecture, tu dois aligner le a, le r, le s, le…

— C, rectifie Apollinaire. Architecture, c'est avec un c.

— Exactement ce que je dis ! Quand tu es un pauvre Espagnol qui écrit mal le français, pour un mot aussi banal qu'architecture, tu dois le penser, le vérifier, l'écrire… Et tu as oublié ce qui vient après. Moi, si je veux représenter l'architecture, je fais trois traits verticaux, trois traits horizontaux, et tout le monde comprend, dans toutes les langues… Jamais je ne serai poète.

Ils sont assis sur la berge, la valise entre eux. Le fleuve est d'un gris cumulus. Le soleil a légèrement dépassé son zénith. Apollinaire tire sa montre de son gousset, regarde l'heure et soupire.

Avant de poursuivre :

Vienne la nuit sonne l'heure
Les jours s'en vont je demeure

Il attend Marie Laurencin, inspiratrice du poème. Une femme qui l'aime et qu'il aime. Pour lui, c'est assez nouveau. S'il sait conquérir, il ne garde pas.

Jamais il ne lasse ces dames. Mais il les effraie : nature volcanique portée sur l'érotomanie. Toutes n'apprécient pas. Il leur envoie des vers, souvent les mêmes aux unes comme aux autres, mais tant qu'elles ne se rencontrent pas, il ne court aucun risque. C'est mieux que d'aller au bordel, ce que beaucoup font, à commencer par celui qui a présenté Marie au poète suborneur : Picasso. Il est un peu le parrain de leur histoire. Elle peint, comme lui. Mais pas de la même manière. Et peut-être pas aussi bien. Apollinaire lui sert la soupe dans les journaux auxquels il collabore. Elle et Picasso. Le rapport est légèrement inégalitaire, l'histoire jugea. Apollinaire défend toujours maîtresses et amis, bec et ongles. Jusqu'à la rupture, si rupture il y a. Avec Marie Laurencin, à en croire Max, ça va durer encore un an. Profitons-en.

Elle arrive d'Auteuil. Elle a vingt-cinq ans, un visage plutôt banal, une natte qui lui dégringole jusqu'aux reins. Pour d'obscures raisons sans doute liées à la crainte d'être détrônée, Fernande Olivier la déteste. Dans ses Mémoires, elle lui règle son compte d'un sextuple uppercut : elle a une tête de chèvre, un nez pointu, des paupières bridées, des yeux rapprochés, une peau couleur ivoire sali, un air de petite fille vicieuse. Et pour bien asseoir sa réputation, Fernande la cogne une dernière fois : elle est poseuse, sotte et prétentieuse.

Rien que ça.

On la repère de loin, Marie Laurencin, mais pour une autre raison : elle saute à la corde. C'est sa passion. J'imagine qu'elle la dissimulait sur la voie publique, mais la scène est trop belle pour l'ellipser.

Elle s'arrête devant les deux hommes sans cesser de monter et de descendre, monter descendre, aussi régulièrement qu'un battement de cœur. Apollinaire dit :

— Quand je te vois comme ça, ça me donne le vertige.

— C'est bon pour les fesses.

Ils la regardent tous deux, levant et baissant la tête au rythme de la corde.

— Dans cinq secondes, dit Picasso, je dégobille.

— Arrête ! s'écrie Apollinaire au bout de deux minutes. Ça me rend érectile.

— Tu ne penses qu'au cul, jette-t-elle.

— Le cul, c'est comme un visage : l'important, c'est de le faire sourire.

— Obsédé !

— Je reconnais.

— Tu n'as pas honte ?

— Pas du tout.

— Je vous dérange ? demande Picasso.

— Imaginer un type aussi savant que lui, poursuit Marie Laurencin en s'adressant au peintre, capable d'écrire un texte sur n'importe quoi le temps d'un soupir…

— « Le temps d'un soupir », coupe Apollinaire. Joli… On dirait du moi…

— Suffisant, jouisseur invétéré…

— Un homme complet ! Tu devrais te féliciter d'être avec un personnage pareil !

— Maniaque de l'ordre, goinfre, économe, pour ne pas dire…

— Ça va ! Tu ne vas pas te mettre à ma biographie !

— Pas déjà ! Il n'y aurait que deux pages !

— Si tu dois l'écrire un jour, j'aimerais que tu dises que j'aimais beaucoup toutes les femmes en général, et ma maman en particulier.

— On sait !

— Et que je t'aime surtout parce que tu es une artiste et que j'adore ces gens-là.

Il désigne Picasso, qui s'est replié près de la valise.

— Lui particulièrement.

— Je te comprends, reconnaît le peintre.

— On a des bizarreries intérieures qui nous font souffrir et qu'on habille en vers ou en couleurs pour nous supporter nous-mêmes.

— Tu reconnais donc que tu es insupportable ?

— Sauf quand j'écris.

— Alors écris davantage !

Et Marie Laurencin s'en va comme elle est venue. Les deux hommes suivent son sillage sautillant. Quand elle a disparu dans la poussière des bords de Seine, Apollinaire pose une question toute simple à son camarade :

— Tu te supportes, toi ?

— Parfaitement bien.

— Même quand tu ne peins pas ?

— Toujours !

— Elle est là, ta très grande faiblesse : tu t'aimes toujours et tout le temps.

— La tienne est où ?

Apollinaire montre son cœur.

— Là. Je manque de muscle. Je n'ai pas le cuir épais au niveau du cœur. Je suis un cardiaque sentimental.

— Ça ne se voit pas.

— Parce que je suis aussi un crâneur.

— Un crâneur jaloux.

— Moins que toi. Tu te rappelles quand tu interdisais à Fernande de sortir ?

— Moi ? s'indigne Pablo.

— Tu te promenais dans Montmartre avec ton filet à provisions. Tu faisais les courses toi-même.

— C'était pour être galant.

— C'était pour que les hommes ne la voient pas !

Provocateur, Apollinaire en remet une petite couche :

— Il est pas mal, le portrait de Fernande peint par Van Dongen. On lui voit la poitrine…

Picasso se lève brusquement. Ses maxillaires font des boules.

— Je suis sûr que ce salopard a pris du plaisir à la mater et à la peindre.

— Quand tu peins, tu mates ?

— Je vois très bien comment ça s'est passé, poursuit Picasso, tout dans sa vision.

Il n'est pas peintre pour rien.

— Il a effleuré les hanches à la mine de plomb jusqu'aux reins, il a pris une brosse pour les cuisses, il y est allé du plat de la main sur le ventre et le nombril, il est remonté vers le téton avec la pointe du pinceau, pourquoi se gêner, il… il…

— Arrête-toi là ! intervient fermement Guillaume. Tu te montes tout seul. Il était à trois mètres d'elle. Il ne l'a touchée que sur la toile.

— C'est toucher quand même.

— Tu es plus jaloux que moi.

— Je ne suis pas jaloux. J'aime pas qu'on la regarde, et j'aime pas qu'elle regarde. Sauf moi. Et des paysages. Une nature morte, peut-être, si c'est Picasso qui l'a peinte.

Il se tait. Apollinaire embraie :

— On pourrait imaginer un monde où tout serait représenté. Fernande se lèverait le matin, tu lui aurais dessiné un lever de soleil pendant la nuit : pas besoin d'ouvrir la fenêtre. Elle se glisserait dans une baignoire pleine de mousse avec des robinets en argent. Eau chaude, eau froide, eau tiède… Elle choisirait ses vêtements dans une garde-robe où tu aurais dessiné toutes les richesses dont elle rêve. Après, tu ferais son portrait avec la robe qu'elle aurait choisie. Vous pourriez vous promener ensemble au pied de la tour Eiffel, goûter à la gare d'Orsay, visiter Venise et Londres en moins d'une heure…

— Ça, c'est de la poésie, admire Picasso. En plus, elle ne sortirait jamais.

— Il faudrait qu'elle mange, quand même !

— Je lui prépare un menu peint.

— Qu'est-ce qu'elle aime ?

— Vermillon, vénitien, corail… Une bonne et grosse côte de bœuf bien saignante, des pommes de terre sagement rissolées, presque caramélisées, avec une touche de vert pour le persil, et une glace à l'abricot pour finir.

— C'est tout ?

— Tu ajoutes un peu d'écru pour la gaufrette, du brun-orange doux pour le petit crème.

— Pas de fromage ?

— Si. Salade et fromage.

— Une petite pipe d'opium pour finir ?

— Non merci.

— J'aimais bien quand on fumait ensemble…

C'était au Bateau-Lavoir, dans l'atelier de Picasso. On n'en parle pas trop dans les biographies officielles, mais Fernande raconte joliment les séances. À défaut de les voir, il faut les imaginer, Picasso et ses copains, allongés sur des matelas de fortune, l'hôte des lieux allumant la pipe à la lampe, inspirant goulûment avant de passer à son voisin, puis buvant une tasse de thé au citron pour faire passer l'âcreté du produit. Cela deux ou trois fois par semaine pendant plusieurs mois.

Le haschich provoquait d'autres émotions. La dernière fois qu'ils en ont pris, Apollinaire a confondu *le Rendez-vous des poètes* avec un bordel. Quant à Picasso, il a pleuré pendant deux heures parce qu'il imaginait qu'il ne peindrait plus jamais à cause de la photographie. Il pensait que la photographie tuerait la peinture. Ils étaient ensemble au Bateau-Lavoir, Apollinaire en pleine crise d'ubiquité, et Picasso délirant. Le hasch ou la beuh n'avaient rien à voir avec ce qu'ils sont aujourd'hui.

Baudelaire, qui en prenait aussi dans son club pas tout à fait privé, avait également des visions déraisonnables :

Les objets extérieurs prennent des apparences monstrueuses. Les peintures du plafond, même médiocres ou mauvaises, prennent une vie effrayante. L'eau limpide et enchanteresse coule dans le gazon qui tremble. Les nymphes aux chairs éclatantes vous regardent avec de grands yeux plus limpides que l'eau et l'azur.

— Baudelaire a écrit des tas de conneries sur la peinture et la sculpture, juge Picasso.

— C'est vrai, confirme Apollinaire.

— Et toi aussi.

— N'exagérons rien.

À peine. Kahnweiler n'avait aucune estime pour les critiques de Guillaume Apollinaire. Et Picasso pas plus que Braque ou Vlaminck. On lui reconnaissait un seul talent, pour le coup incontestable : chaque fois qu'il en avait l'occasion, il armait sa plume pour défendre ses camarades. Solidarité immortelle. Baudelaire fait exception à la règle générale : Courbet et Manet le lui ont assez reproché. Lire les commentaires de Baudelaire sur ces deux hommes qui furent ses amis donne une idée assez juste du caractère torturé, voire tortueux, du poète. Apollinaire en fait trop, et Baudelaire pire que pas assez. Même pas le service minimum. Sado-maso, me dis-je souvent en redécouvrant ses écrits sur la Belgique, artificielle et inutile, les apostrophes à ses lecteurs qu'il ne ménageait à peu près jamais, les vers infects évoquant Jeanne Duval – sa Vénus noire –, l'*affreuse juive* qui se vengea en lui refilant la syphilis. Loin de la générosité bonhomme de Guillaume Apollinaire.

Je puise dans les *Œuvres complètes* de Baudelaire un texte sur la sculpture que je soumets à la sagacité d'un Picasso qui vient d'achever *Jeune fille à la mandoline,* chef-d'œuvre du cubisme analytique : les contrastes entre la lumière et l'ombre créent un relief nouveau.

— Baudelaire disait que pour comprendre une sculpture, il faut lui tourner autour parce qu'une sculpture n'autorise pas de point de vue unique. Moi, si je fabrique des sculptures en fer et en carton avec Braque et si je les peins ensuite, ça devient cubiste et c'est comme des sculptures peintes.

— Alléluia, conclut Apollinaire. J'ai trop faim pour poursuivre sur cette voie.

— Je pourrais nous dessiner un bon gueuleton, mais ça ne nous remplirait pas.

— Allons chez Matisse, propose Apollinaire après un bref silence. Ce n'est pas loin, et il nous offrira peut-être un casse-croûte.

— On pourrait lui laisser la valise, renchérit Picasso.

— Bonne idée ! Matisse est insoupçonnable. Un type qui porte des lunettes et des costumes comme lui, personne ne peut penser qu'il cache des sculptures volées au Louvre !

Tout sourire, Apollinaire ajoute :

— Sur la route, je rencontrerai peut-être un cœur à prendre.

— Mais Marie ?

— On va se quitter. Max l'a dit, et je l'ai compris tout à l'heure en la voyant. Elle va me larguer. Je préfère prendre les devants.

— La première qu'on croise, tu lui chantonnes un poème et on l'emmène.

— Pourquoi « on » ?

— Parce que nous sommes camarades ! s'écrie Picasso. On partage tout !

— Même la valise ! réplique Apollinaire en la lui abandonnant. Moi, je compose un petit poème au cas où.

— Tu n'as pas besoin d'inventer. Tu en as plein en stock !

— Je me demande ce qui marche le mieux : offrir un poème ou un portrait.

— Le poème, ça demande moins de travail. Le même peut s'adresser à des milliers de femmes. Tandis que moi, je ne peux pas faire un seul portrait et le donner à toutes.

— Tu pourrais leur dire que c'est ta manière de les voir.

— Si j'offre à Fernande un portrait que j'ai fait de Germaine, elle m'arrache les yeux !

— Oui, mais si tu donnes à Germaine un portrait de Fernande… ou d'une autre ?

— Je n'en ai pas connu beaucoup. Avant Fernande, c'étaient des prostituées, parfois des modèles.

— C'est pas la même chose ?

— Les modèles, tu ne les paies pas toujours… mais au moins tu peux les embrasser. C'est pas comme les putains.

— Tu veux dire que les femmes qui n'embrassent pas sont des putains ? demande Apollinaire.

Il est indigné. Nous aussi.

— Bien sûr que non ! Mais je connais des femmes qui embrassent parce qu'elles ne veulent pas qu'on les prenne pour des putains.

— Je vais porter la valise, dit le poète. Ça va te soulager. Tu parles trop mal des femmes.

Picasso la lui cède sans résistance. Apollinaire fait quelques pas, semble réfléchir et lâche :

— Je suis sûr que si tu donnes le portrait d'une belle à une moyenne en lui disant que tu la vois comme ça, elle tombe.

— C'est quoi l'intérêt ? demande Picasso, à son tour scandalisé.

— Fourrer.

Ils arrivent chez Matisse, près des Invalides. Ils frappent. Une jeune fille leur ouvre. Elle est plutôt gironde, ce qui inspire Guillaume Apollinaire, maintenant qu'il sait qu'entre Marie et lui, les carottes sont cuites. Il lance un sourire des plus séducteurs, cherchant trois ou quatre vers qu'il offrirait à la jeune personne comme un bouquet de violettes fraîchement cueillies. Picasso lui envoie son coude dans l'abdomen et gronde à voix très basse :

— Laisse tomber : c'est sa fille.

Il l'a aussitôt reconnue.

— Entrez dans le salon, je préviens papa.

Ils pénètrent dans une pièce où il y a une table, quatre chaises autour, une corbeille de fruits dessus avec trois pommes rouges qui brillent comme si elles avaient été astiquées à la peau de chamois.

— Tu es sûr que c'est sa fille ? interroge Apollinaire en déposant la valise au pied de la table.

— Quand on dit *je vais prévenir papa,* il y a des chances.

— Pas forcément, objecte le poète qui déteste avoir tort.

— Tu m'expliqueras.

Si Apollinaire n'était pas mort en 1918 comme l'a hélas prédit Max Jacob, s'il était allé en Amérique, à Cuba ou en Espagne trente ans après sa disparition, s'il avait eu la moindre chance de rencontrer Ernest Hemingway, il aurait su qu'on peut se faire appeler *papa* sans réserver ce vocable exclusivement à ses enfants.

— On connaît sa fille, poursuit Picasso. Elle s'appelle Marguerite. Son père m'a offert son portrait quand il m'a rendu visite au Bateau-Lavoir. Un petit tableau en couleurs, rappelle-toi.

— M'en souviens pas, grommelle Apollinaire qui n'a pas encore digéré de se faire clouer le bec sur le *papa* de la demoiselle.

— Mais si ! On a joué aux fléchettes avec ! Elle était la cible et on tirait dessus !

— C'est pas mon style.

— C'était des fléchettes Euréka avec des embouts en plastique !

Apollinaire n'a pas le temps de répliquer : Marguerite est de retour.

— Papa demande c'est de la part de qui ?

— Des amis.

— De bons amis, précise Picasso.

— Je vais lui dire.

Quand la jeune fille a disparu, les deux hommes s'approchent de la corbeille de fruits. Sous les pommes, il y a trois poires et deux bananes. Ils les reluquent avec gourmandise.

— J'ai faim, murmure Guillaume.

— Moi aussi.

— Tu sais à quoi je pense ?

— Oui.

— Tu préfères une poire, une pomme ou une banane ?

— Pomme.

— On en prend une ?

— Vas-y toi.

— Non, toi. J'ai porté la valise. À toi de prendre la pomme.

— Si j'y vais, elle est pour moi, réplique Picasso.

— Si c'est moi, on la partage.

— Alors c'est moi.

Picasso tend la main vers la corbeille de fruits puis se ravise.

— Finalement, je préfère qu'on partage.

— Dégonflé !

Apollinaire soulève la valise, la pose près de la porte et revient sur la pointe des pieds vers la table.

— J'y vais !

La seconde d'après, le fruit est dans sa poche.

— Donne, dit Picasso.

— Quand on sera dehors. Ni vu ni connu.

Entendant un bruit, ils s'écartent de la table et feignent de regarder une esquisse crayonnée sur une grande feuille de vélin blanc posée sur un guéridon. Elle représente des fleurs dans un vase. Tout simple.

— C'est quoi comme fleurs ? interroge Guillaume, feignant de s'y intéresser.

— Des coucous, répond Matisse, qui vient d'entrer dans le salon.

Les visiteurs se retournent d'un bloc.

— Avant que Marguerite ne me le confirme, je me doutais bien que c'était vous !

Matisse et Picasso, c'est le jour et la nuit. L'un a une allure de notaire de province, besicles, cravate, gilet, barbe bien taillée, la main froide et bien élevée. L'autre, celui des années 1907 plutôt que 1911, la mèche en bataille, bleu de chauffe et espadrilles, un petit foulard rouge logé dans l'échancrure de la chemise. Pôle Nord et Pôle Sud, comme ils s'appelleront l'un l'autre – sans qu'on sache lequel des deux eut l'idée géniale de cette appellation hémisphérique.

Ils s'aiment modérément, cependant. Un peu de jalousie, peut-être. Apollinaire n'y est pas pour rien, qui a écrit dans une rubrique artistique un commentaire désobligeant sur Matisse. Lequel n'a pas oublié. C'est sans doute la raison pour laquelle il salue Picasso d'une poignée de main sèche sans rendre la pareille au poète.

— Je me souviens de ce que tu as écrit sur moi, Apollinaire. C'est même gravé là-dedans.

Matisse se tapote le front d'un doigt à l'ongle parfaitement manucuré, taillé en rond, limé avec soin, la lunule ovoïde.

— « Monsieur Henri Matisse est un novateur, mais il rénove plutôt qu'il n'innove. » Tu te souviens ?

— Souvent il raconte n'importe quoi, l'excuse Picasso.

— J'ai aussi écrit que tu étais un fauve raffiné.

— Tu pensais à Vlaminck et à Derain ?

— Non, je pensais à toi.

Apollinaire en fait des caisses pour obtenir le pardon de cet artiste-notaire auquel il espère bien fourguer la valise.

— J'ai adoré *Le Bonheur de vivre.* Un mélange inouï de primitivisme, une poésie onirique digne de Mallarmé, un fauvisme magnifiquement policé. Et ces couleurs liées les unes aux autres ! Les déformations des corps ! La nouveauté après le néo-impressionnisme ! Cette œuvre est immense !

— Merci, répond sobrement Matisse. La critique a parlé de divagations transcendantales…

— Ça a dû te filer un coup sur la calebasse, commente Picasso.

— Et *Souvenir de Biskra* ! s'enflamme Guillaume, ignorant la remarque. Quelle bizarrerie extraordinaire ! Ces reliefs à la Gauguin ! Révolutionnaire ! Ce…

— Vauxcelles a parlé d'un univers de laideur, coupe Picasso.

Vauxcelles, c'est l'homme qui a défini les deux grandes écoles picturales du moment : le fauvisme, parce qu'au Salon d'automne de 1905, Matisse, Derain, Vlaminck, Marquet, Manguin et Camoin exposaient des œuvres très colorées dans une salle aussitôt baptisée par Vauxcelles « cage aux fauves » ; le cubisme, en hommage méprisant aux formes géométriques rappelant des cubes dans les œuvres de Braque exposées chez Kahnweiler en 1908. Fauvisme et cubisme. Couleurs ici, formes là. Picasso, lui, n'a jamais pensé que la peinture de Matisse était révolutionnaire, mais un sommet de l'art classique.

— La révolution, c'est moi qui l'ai faite avec le *Portrait de Gertrude Stein,* puis l'*Autoportrait* qui a précédé le *Bordel d'Avignon.*

— C'est pas le titre final, fait remarquer Apollinaire.

— Heureusement, grince Matisse.

— Je préférais mon titre, rappelle Apollinaire : *Le Bordel philosophique.*

— *Les Demoiselles d'Avignon,* il paraît que ça sonnait mieux.

— Une toile que personne n'a jamais vue ! ricane Matisse.

Apollinaire n'insiste pas. Il fait partie des amis que Picasso a introduits dans son atelier du Bateau-Lavoir et qui, tous, se sont détournés de l'œuvre. Personne ne la comprend. Lui pas mieux que les autres.

— Je l'exposerai en 1916, décrète Picasso. Après, elle sera expédiée au Museum of Modern Art de New York.

Il ne parle pas l'anglais, mais ça lui plaît de répéter : le Museum of Modern Art de New York. Ça lui donne une stature internationale. Ça le grandit. Il répète une troisième fois, ce qui a le don d'exaspérer Matisse.

— Moi aussi je serai aux States.

— Aux quoi ?

— *In the suburbs of Philadelphia.*

Personne ne sachant, personne ne répond.

— Le Dr Barnes, vous connaissez ?... Il a inventé l'Argyrol. Un antiseptique. Il a créé un musée pour son petit personnel. Dans ce musée, il y aura mon *Bonheur de vivre.*

— Combien tu l'as vendu ?

— C'est pas fait. Faut que j'attende encore onze ou douze ans.

— Je ne serai plus là pour juger, soupire Apollinaire. Vous me raconterez là-haut.

Il montre le plafond au-dessus duquel le ciel attend.

— Dans onze ou douze ans, moi je serai très loin, reprend Picasso sans se soucier de l'avenir de son copain. Très très loin.

— Tu as du chemin à parcourir, souligne Matisse. Ta cote, aujourd'hui, c'est combien ?

— J'atteins les cinquante francs.

— Un peu plus que Dufy et Rouault. Eux, ils sont à trente.

— Pauvre Utrillo, gémit Apollinaire : il est à dix.

— Et moi à soixante-dix ! exulte Matisse. Je vous bats tous !

— Profite, rétorque Picasso. Ça ne durera pas.

Matisse, alors, s'approche du crayonné que ses deux visiteurs feignaient d'observer à son arrivée.

— Vous voyez cette esquisse ? Au printemps, je vais peindre le tableau. J'ai déjà le titre : *Les Coucous, tapis bleu et rose.*

— Moyen, grimace Apollinaire. Je peux te trouver mieux.

— Tu sais quel prix lui donnera l'Histoire ?

— Quand ?

Matisse compte sur ses doigts, réfléchit et dit :

— Mettons, cent ans. Ça laisse le temps de voir venir.

— Combien ?

— Quarante-deux millions de dollars !

Soit, conversion faite en euros d'aujourd'hui : trente-six millions.

— *Peanuts*, rétorque Picasso. Moi, par exemple...

Matisse le coupe :

— Ça t'arrive, Picasso, de commencer une phrase autrement que par « moi, par exemple » ?

— Pourquoi ? Je suis un mauvais exemple ?

— Calmons-nous, s'interpose Apollinaire.

Mais Picasso poursuit :

— Mes *Femmes d'Alger* partiront à cent soixante-dix-neuf millions de dollars. La peinture la plus *expensive* vendue aux enchères dans le monde.

Il répète, satisfait :

— Dans le monde !

— Battu ! s'exclame Matisse. Léonard de Vinci fera mieux que toi : quatre cent cinquante millions de dollars pour *Salvator Mundi*.

— Vinci ? interroge Picasso avec dédain. C'est celui qui a peint cette femme au regard creux ?

— La Joconde, oui, confirme Matisse.

Apollinaire fusille son copain du regard : inutile de poursuivre sur cette voie.

— Au pire, je serai deuxième, se lamente Picasso. Toi, Matisse, tu ne seras même pas dans les dix premiers.

Matisse hausse les épaules. Il ignore ce que tous les historiens d'art savent aujourd'hui : s'il est vrai qu'ils s'enviaient un peu l'un l'autre à cette époque où ils joignaient difficilement les deux bouts, ils s'admiraient et oublieraient bien vite ces querelles de chiffonniers dont rien ne démontre qu'elles ont existé. On en découvre quelques-unes dans des récits datant de l'époque lointaine où le Couvent des Oiseaux – Matisse y avait installé son académie de peinture – rivalisait avec le chaudron du Bateau-Lavoir, sans garantie d'authenticité.

La parenthèse étant refermée, Matisse se tourne vers la table supportant la corbeille de fruits. Aussitôt, la colère s'empare de lui. Ou plutôt, un mélange de colère et de détresse devant ce spectacle qui lui paraît inconcevable : une pomme a disparu. Il s'enquiert :

— C'est vous qui avez pris la pomme ?

À quoi Apollinaire répond par un rond de jambe verbal :

— Quelle pomme ?

— La granny smith vert pâle mouchetée à la queue !

— Granny Smith ? C'est un nom d'arrière-grand-mère ! Elle devait être blette, ta pomme ! suppose Picasso.

Matisse se lamente :

— J'ai acheté ces fruits pour les peindre ! Ils sont là depuis quatre jours. Toute la famille rêve de les manger avant qu'ils soient pourris, et il m'en manque un ! Mon tableau est foutu !

— Marguerite, peut-être, suggère Picasso.

— Marguerite !

D'un pas vif, Matisse quitte la pièce. On entend une porte s'ouvrir puis se refermer.

— C'est pas bien d'accuser, gronde Apollinaire.

— Je l'ai fait exprès. On va lui remettre sa pomme. Tout Pôle Nord soit-il, il a le droit de peindre ce qui l'inspire.

Apollinaire sort le fruit de sa poche et le dépose au sommet de la corbeille.

— Plus à droite, indique Picasso en imaginant la toile qu'il aurait faite lui-même. Et déplace légèrement la banane. Remets le citron. Là…

Manque de chance, au moment où Matisse revient, Guillaume fait un mouvement brusque et la corbeille se renverse. Confronté à ce spectacle, Matisse se précipite au sol pour ramasser les fruits. Les autres l'aident. Picasso remarque :

— Ils sont tout pourris, tes fruits ! Ils n'auraient pas tenu deux jours de plus.

— En deux jours, j'avais fini !

— Peins des fruits pourris, suggère Apollinaire. Au moins, c'est original.

— Ou alors on les mange.

— Et tu peins les trognons ! complète Guillaume. Après, tu exposes aux Indépendants, tu vends la toile soixante-dix francs…

— … Tu rachètes les fruits, enchaîne Picasso.

— Et tu refais ta nature morte ! Quarante-deux millions de dollars dans cent ans !

Matisse ne répond pas. Il vient de voir la valise. Une lueur brille dans son regard.

— Elle est à vous cette valise ?

Sans attendre la réponse, il s'approche d'elle. Apollinaire fait le même mouvement.

— Elle est magnifique ! Vous pourriez l'ouvrir et la mettre sur la table ?

Après avoir échangé un regard avec Picasso, Guillaume prend la valise.

— Je vais mettre les fruits dedans et les peindre avec le couvercle comme fond. Ensuite, je remettrai vos affaires dedans et vous reprendrez la valise. Laissez-la-moi deux jours…

— Impossible, répond Picasso, soudain alarmé.

— Elle contient un trésor ?

— Rien du tout.

— Elle est à ma mère, s'excuse Apollinaire, et ma mère m'a interdit de mettre des choses dedans.

— Alors à quoi sert-elle ?

— Elle nous accompagne. Elle est notre muse d'un soir. Nous prenons l'air ensemble, nous lui montrons Paris, elle découvre…

Matisse considère les deux hommes, hochant la tête comme s'il avait affaire à deux cinglés. Mais Picasso est solidaire : il comprend le désarroi du peintre.

— On va essayer de remettre tes fruits comme ils étaient.

Ainsi fut fait. Mais ils ne s'accordaient plus aussi bien qu'auparavant. Matisse les disposa autrement, recouvrit la table d'un tissu bariolé à dominante jaune, approcha la table du canapé du salon et disposa sur une chaise un châle que sa femme avait rapporté de Séville. L'ensemble ne lui inspira rien. C'est sa fille Marguerite qui eut l'idée de remplacer les fruits par un pot de fleurs, un genre de géraniums avec des feuilles vertes. Les fleurs présentaient l'avantage d'être moins périssables. En sorte que Matisse peignit *Nature morte au châle de Séville,* que le collectionneur russe Sergueï Chtchoukine acheta pour son palais Troubetskoï de Moscou et qu'on peut voir aujourd'hui au musée de l'Ermitage, à Saint-Pétersbourg. J'y suis allé. Je ne me souviens pas de la nature morte, mais de *La Danse,* œuvre monumentale de près de trois mètres sur quatre que Matisse installa lui-même au palais Troubetskoï. La toile avait été exposée au Salon d'automne où la nudité des danseurs avait hérissé la critique comme le public. Il faudrait un jour recenser les artistes qui furent salement attaqués ou boutés hors des salons officiels et qui, tels Cézanne, Courbet, Monet et tant d'autres, occupèrent plus tard une place majeure dans l'histoire de la peinture.

À cet égard, Matisse constitue un joli cas d'école. Il fait scandale au Salon d'automne de 1905 – celui de Vauxcelles – où il expose avec Derain et Vlaminck des œuvres tout en couleurs qui s'opposent aux canons picturaux de l'époque. Trois ans plus tard, le comité d'accrochage du même salon – dont il est membre – rejette Braque et le cubisme. C'est pareil pour la musique, la littérature et le théâtre : les avant-gardes passent toujours leur tour. Le plus grand scandale artistique du XIXe siècle, en tout cas le plus mémorable, c'est la claque et la contre-claque qui s'affrontèrent le 25 février 1830 sur la scène de la Comédie-Française où Victor Hugo faisait jouer *Hernani.* Il faut lire le rapport des censeurs qui, après délibération, donnèrent leur accord pour que la pièce fût jouée. Non pas parce qu'ils la jugeaient dépourvue d'insolences ou conforme aux règles du théâtre classique mais, tout au contraire – je les cite –, parce qu'*il est bon que le public voie jusqu'à quel point d'égarement peut aller l'esprit humain affranchi de toute règle et de toute bienséance.*

Or, quand on relit cette pièce aujourd'hui, ou d'autres semblablement rejetées, elles nous paraissent si sages et si raisonnables que les seuls à railler sont les censeurs et les critiques.

En sortant de chez Matisse, Apollinaire émet une idée aussitôt saisie au vol par son camarade : aller chez sa maman, au Vésinet.

— On mangera bien, et on pourra enterrer la valise sous un arbre.

Les voici donc dans le train. Guillaume rectifie sa coiffure, vérifie si sa cravate est bien ficelée, demande à Picasso d'enlever son foulard et de dépoussiérer ses espadrilles. La dernière fois qu'il a emmené des copains chez sa mère, Derain et Vlaminck, ça s'est plutôt mal passé.

— Elle ne comprend pas les artistes.

C'est le moins qu'on puisse dire.

Quand ils arrivent, la Kostrowitzka, fouet en main, promène ses deux setters tout jaunes dans un parc tout vert. Pour qui débarque des profondeurs du Bateau-Lavoir, où on cuit l'été et où on gèle l'hiver, le spectacle a de quoi confondre. La maison est sublime, le parc grandiose, les chiens bien dressés, leur maîtresse d'une élégance distinguée. Elle lorgne le bleu de chauffe avec un peu moins de tact qu'on pourrait en attendre d'une telle personne évoluant dans un paysage si parfait. Elle lâche :

— Il est drôlement nippé, ton copain.

Lequel salue tout sourire parce que ce soir-là, la perspective d'un bon dîner vaut bien de passer l'éponge sur des questions finalement très secondaires.

— Tu n'as pas apporté ton petit linge ?

Ça, c'est pour le fiston. Parce que le petit a habité chez maman et beau-papa jusqu'à ses vingt-six ou vingt-sept ans et que, depuis, chaque dimanche, il apporte un balluchon de linge sale qu'il récupère tout propret la semaine d'après.

Mais on n'est pas dimanche et s'il avait imaginé semblable réception, Guillaume serait venu seul. De quoi a-t-il l'air aux yeux de son copain ?

De ce qu'il est quand maman est présente : un petit garçon. Elle le mène à la baguette, avec la même énergie que celle qu'elle déploie pour fouetter ses chiens. Au point qu'on se demande si elle a jamais vraiment compris son fils, tout à la fois savant, érotomane, égrillard, amical, sensible, maniaque, cavaleur. Son œuvre est aussi diverse que lui-même : poésies, calligrammes, textes érotiques, critiques, romans, dont beaucoup sont à clé. La Kostrowitzka a-t-elle tout lu ? Elle ne connaît certainement pas sa correspondance amoureuse. Apollinaire y apparaît dans ses multiples splendeurs. Il conquiert au pas de charge, déclare sa flamme sans attendre, insiste jusqu'à plus soif, fait de ses fiancées les dépositaires de son œuvre et les héritières de ses biens. Il les aime et les rejette rarement. Tout le contraire de son copain peintre qui les aime tout autant et les rejette presque toujours. Mais leurs œuvres les rassemblent : aussi riches et protéiformes l'une que l'autre, complémentaires à l'époque du vol de la Joconde puisque le goût du cirque et l'amour des saltimbanques les unissent dans le linceul des postérités.

La Kostrowitzka ignore tout cela. Et à la voir froufroutant autoritairement sur les pelouses de son patrimoine, Picasso a peine à imaginer la femme volage, libre et voyageuse que lui a dépeinte Guillaume. Elle traversait hôtels et palaces, salles de jeu et casinos, un homme puis un autre à son bras, tantôt à Nice, tantôt en Italie, tantôt ailleurs sur la Riviera.

— Elle a beaucoup changé, regrette son fils tandis qu'ils entrent dans la demeure où Madame Mère les consigne dans une antichambre car ce soir-là elle reçoit à dîner.

— Vous aurez le reliquat.

Passe un beau-père riche et dominé qui salue Guillaume affectueusement avant de filer dans le sillage de la Kostrowitzka. Porte close, Picasso regarde. Les moulures, la cheminée, les fleurs sur le buffet, un singe dans une cage dorée. Il s'approche de l'animal.

— Il ne te voit pas. Il est aveugle.

Les barreaux de la cage ont perdu leur apprêt.

— Il est toujours affamé. Quand il a faim, il bouffe l'or de sa prison.

— Fais-moi visiter, propose Picasso.

Ils passent dans des couloirs éclairés aux chandelles, des chambres tendues de tapisseries italiennes, des communs mosaïqués, de grandes pièces ouvertes sur le parc – tous lieux assortis aux magnificences du Vésinet où dorment aujourd'hui les exilés aisés des grandes villes.

Ce qui met Picasso en joie, ce sont les rangements diversement emplis de produits et d'objets dont il ne soupçonnait pas qu'on puisse créer pour eux des protections aussi parfaites : des armoires pour les vêtements d'hiver, des armoires pour les vêtements d'été, des tiroirs pour les maillots et les mouchoirs, des placards à chaussures, des tringles à cravates, des cintres, des embauchoirs, de l'antimite, du sent-bon en sachets, des lacets de rechange, des bacs à chaussettes, des flacons de sels, des buffets pour la porcelaine, une collection d'assiettes, des services à thé, des cuillers à café, des soucoupes, des dessous-de-plat, des porte-couteaux, des niches à argenterie...

Revenu dans l'antichambre, il s'exclame :

— Une place pour chaque chose et chaque chose à sa place !

S'emparant de la montre d'Apollinaire, il poursuit sur le même ton :

— Pour ne pas être en retard, Monsieur Apollinaire doit avoir un gilet, une boutonnière pour accrocher la chaîne, une chaîne pour retenir la montre, un gousset pour y glisser la montre, et la montre pour lire l'heure !

— Tu auras bientôt la même, marmonne Guillaume.

— Pas besoin ! Je lis l'heure au soleil ! Toi, tu dépends des jours, moi de l'éternité.

— Quelle heure est-il ?

Picasso cherche le soleil. Hélas, il ne perce pas les rideaux de l'antichambre. À peine un reflet sur les dorures de la cage que le singe grignote consciencieusement.

— Quand tu as besoin de savoir, demande-moi ! propose Apollinaire.

Dans la pièce voisine, on entend bâfrer les invités de la Kostrowitzka. Mais ça ne parle pas. Ça ne rit pas non plus. Seulement un murmure de mandibules et les cliquetis de l'argenterie.

— Ils s'emmerdent, les bourgeois, pronostique Picasso.

— Oui, mais ils mangent.

— Un bourgeois qui mange, il prend tout son temps.

— Il se sustente.

— Il cause à sa voisine.

Apollinaire applique l'oreille contre le mur.

— Pas là.

— On devrait y aller. Entrer et dire : « C'est nous ! Cédez la place ! »

— Ma mère me gronderait.

— Allons enterrer la valise.

— Le ventre vide ?

— Ça nous aidera à passer le temps.

Ils sortent. Font le tour du parc à la recherche d'un petit coin moussu où ils pourraient ensevelir les deux têtes ibériques, paix à leur âme. Une petite tombe pour chacune à l'abri des nécessités. Protégées des variations climatiques, des chahuts du grand monde et de la curiosité policière.

Mais voilà que surviennent les deux setters.

— Aïe ! s'écrit Apollinaire.

Ils foncent sur lui, langue pendante. Maman n'est plus là pour les retenir.

— J'ai peur des chiens !

Guillaume revient en courant vers la maison. Picasso, qui ne craint pas la gent animale, suit sans se hâter. Il porte la valise. Il referme lentement l'huis de l'antichambre et rejoint Guillaume qui s'est précipité dans la salle à manger. Les convives sont partis. Sur la table, traînent quelques cadavres de bouteilles et des os à ronger.

— Ils ont tout bouffé, se désole Apollinaire.

— Même pas un quignon de pain, pleurniche Picasso en renversant une corbeille vide.

Il s'assied sur une chaise Empire et contemple le champ de bataille qui s'étend devant lui : carafes vides, assiettes encombrées de déchets, serviettes jetées comme des mouchoirs sales.

— On est bien peu de chose, souffle-t-il dans un murmure déçu.

— C'est notre lot du moment, dit Apollinaire.

— Je ne suis pas là pour ça, réplique Picasso.

Il ajoute après un bref silence :

— Je ne suis pas né pour manger les restes.

Quatrième jour

Les enfants et les petits-enfants de Picasso interdisent que soit reproduit le geste du peintre. Cent fois, j'ai visionné le film de Henri-Georges Clouzot, *Le Mystère Picasso.* J'y cherchais une *matière* à décrire, une façon d'incarner l'artiste face à la toile. Le film date de 1956. Picasso a alors soixante-quinze ans. Il en fait facilement dix de moins. Il apparaît dans les premières séquences vêtu d'un short et d'un débardeur sombres. Il fume. De cet œil noir, fascinant, fascinateur, il observe la toile qui l'attend. Il paraît d'une solidité à toute épreuve. Muscle et cortex. Déterminé, sûr de soi, n'affichant pas l'ombre d'un doute. Il attaque la toile au feutre, ses mouvements sont rapides, en quelques secondes il dessine le visage d'une femme surmonté d'une colombe tenant dans son bec un brin d'olivier. Ensuite, c'est un génie à l'œuvre. Il trace ses esquisses avec une précision telle qu'il pourrait s'arrêter là, le dessin, à ce stade, étant déjà achevé. Mais non. Il poursuit, comble à l'encre, démultiplie le trait, le transforme en autre chose. À 32', c'est un poisson, à 33' une tête de poule apparaît, trente secondes plus tard le poisson est dans le ventre de la poule, puis il disparaît. Picasso, alors, prépare ses encres, et, à 37'40", émerge une tête de chat qui efface tous les dessins antérieurs. La métamorphose est prodigieuse. La question que je me pose en regardant cette transformation, c'est si Picasso l'avait anticipée ou si elle lui est apparue au cours de son travail. Et me revient à l'esprit une réponse que m'avait faite le peintre Soulages alors que je lui demandais, pour un mauvais livre jadis publié, quelle différence existe, selon lui, entre l'artiste et l'artisan. À quoi il m'avait répondu : « L'artiste et l'artisan savent où ils vont, mais l'artiste ne connaît pas le chemin. »

Avant de peindre son poisson devenu poule puis chat, Picasso avait dit à Clouzot, qui le filmait : « Tu vas voir, je te réserve une surprise. » Il savait peut-être où il allait. Sans connaître le chemin.

Par quel chemin Picasso est-il passé pour dessiner Apollinaire en culturiste ? Il existe de nombreuses caricatures du poète signées par son ami. Celles qui datent de la guerre ou de l'après-guerre ne ressemblent pas à celles de l'avant-guerre. L'époque n'est plus la même. Apollinaire en uniforme, ou le visage bandé suite à la trépanation qu'il subit après avoir reçu un éclat d'obus à la tempe, témoignent d'une gravité qui n'existait pas au temps du Bateau-Lavoir. Alors, le poète pouvait avoir une gueule de poire devenue cafetière – comme si Picasso, pour atteindre la substantifique moelle de son camarade, avait d'abord dessiné le fruit avant de le transformer en pot comme il devait le faire quarante ans plus tard en métamorphosant le poisson en poule, puis en ajoutant des yeux, des sourcils, un melon, une pipe au portrait finalisé – le chat chez Clouzot.

Peut-être ce dessin a-t-il été réalisé au Vésinet avant que les deux compères ne s'endorment là faute d'avoir trouvé meilleur logis pour la nuit.

Ils s'éveillent dans la pièce où le singe se nourrit des dorures de sa cage. Apollinaire est en caleçon, torse nu. Picasso, dans la même tenue, a sorti un crayon et un petit carnet à croquis de la poche de son bleu de travail.

— Fais-moi des muscles d'acier et un regard sauvage, recommande le poète. Si je veux être engagé pour diriger une revue de culture physique, il faut que j'apparaisse comme un lutteur, un vrai gymnaste.

— Tends les bras. Gonfle les biceps. Et efface cette moue d'enfant : ça ne va pas avec le reste.

— Tu veux que j'aie l'air méchant ?

— Tu ne ferais peur à personne.

Picasso achève le dessin en dix coups de crayon définitifs.

Apollinaire regarde.

— J'ai une si petite tête ?

— Je la vois ainsi. Mais le garçon a du muscle !

— Un peu trop.

Il s'observe dans une glace.

— La comparaison ne m'avantage pas.

— Il suffit d'imaginer ce que cache le costume.

Apollinaire est désespéré.

— Jamais ils ne m'engageront.

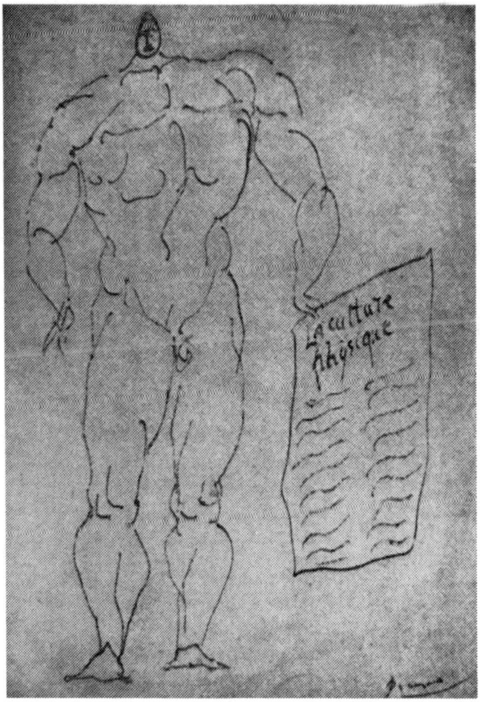

La culture
physique

Une heure plus tard, ils sont à Paris. La nuit a porté conseil. Ils ont décidé qu'ils confieraient la valise à un pur Français, dramaturge reconnu, esprit sage hormis l'absinthe : Alfred Jarry.

Ils pourraient le croiser au petit matin, juché sur son vélo, chaussé des souliers de cycliste qu'il affectionne, coiffé d'un petit chapeau, tout de noir vêtu. Encore à jeun. Ou quelques années auparavant, posant dans l'atelier de Nadar, raide, les cheveux longs, faux col et lavallière, mouche et moustache comme les hommes les arboraient alors. Mais ce n'est pas vraiment lui. Et, que je sache, ni Picasso ni Apollinaire n'ont connu Nadar, disparu trois ans après la mort de Jarry.

Nos amis arrivent donc rue Cassette, où le cycliste habite. Troisième étage et demi d'un petit immeuble plutôt insalubre. C'est tortueux et bas de plafond. L'escalier craque sous les pas.

Marche devant, commande Apollinaire.

C'est lui qui porte la valise. Il sait très bien pourquoi il se met en réserve. Et Picasso, qui n'est jamais venu chez Jarry, comprend quand il se trouve en face de la porte : elle est si minuscule qu'elle lui arrive à la poitrine. Il ronchonne :

— C'est une manière de me rappeler que je suis plus petit que toi ?

— Frappe.

— Je vais la prendre dans la gueule !

— Frappe !

Ainsi fait-il. Cinq bonnes secondes plus tard, il reçoit le battant dans le plexus. De l'autre côté, apparaissent deux jambes poilues.

— Baissez-vous ! Que je voie vos têtes.

— C'est Pablo, fait Picasso.

— Et Guillaume, fait Apollinaire.

— Je veux voir.

Ils se penchent l'un après l'autre, font « Coucou c'est nous », découvrent un Jarry en short, penché lui aussi et braquant une arme sur eux. Picasso reconnaît un Browning qu'il a un jour offert au poète. Lequel abaisse l'arme quand il a reconnu ses visiteurs.

— Cornegidouille ! Entrez !

Jarry adore les flingues et sait rarement s'en passer.

— Le mieux, c'est de vous mettre à quatre pattes.

Car l'appartement ne dépasse pas le mètre soixante dans le sens de la hauteur. À force de frotter le toit, Jarry a le haut du crâne blanchi par les résidus de plâtre.

— Tu pourrais déménager, grogne Apollinaire en pliant les genoux pour entrer.

— Ce serait trop cher. Le propriétaire a fait couper les étages pour multiplier ses locataires. Il les choisit d'après leur taille. Plus tu es petit, moins tu paies.

— Deux petits valent mieux qu'un grand ! se vante Picasso en se cognant l'occiput contre le plafond.

— Couchez-vous ! propose Jarry en montrant le sol. Je vous sers un verre ?

— T'as quoi ?

— Absinthe.

Ils refusent : trop tôt. Tandis que leur hôte s'allonge sur le lit qui lui sert de couche, d'écritoire et de fauteuil, les autres s'assoient jambes croisées. Sur un mur de la pièce est accrochée une toile du Douanier Rousseau découpée en son centre. Sur les bordures, on y voit un perroquet et un caméléon. Jarry explique qu'il a posé pour le Douanier avant de découper sa silhouette.

— C'est maladif chez moi : je ne peux pas me voir en peinture. Surtout mes noreilles. Quand je vois mes noreilles, je deviens sourd.

— Tu devrais déménager, insiste Apollinaire. Les petites surfaces, c'est malsain.

— Ça m'a permis d'apprendre à marcher assis. C'est un genre de sport.

— Les torticolis, jamais ?

— Rarement.

— Les bleus à la tête ?

— C'est dur pour les chauves. Le cheveu amortit le choc quand on cogne le plafond.

— Le mieux, c'est d'avoir un chapeau, dit Picasso.

Ils dissertent sur les avantages et les inconvénients du port d'un couvre-chef dans les logements bas de plafond avant de s'accorder sur le fait qu'il est préférable d'y aller nu-tête, sauf à accepter de dépenser tout son pognon dans l'achat d'un nouveau galurin.

— Tant qu'à faire, observe Guillaume, autant prendre plus grand.

— Plus haut, rectifie Pablo.

— Mettre dans un loyer ce qu'on mettrait dans les chapeaux...

— J'y perdrais quelques avantages. J'ai appris à marcher à quatre pattes, et j'écris sur le dos, jambes en l'air. Quand je suis couché, j'ai l'impression d'être assis, et quand je suis assis, c'est comme si je me levais.

— Jamais le vertige ?

— Seulement quand je suis debout.

— Je te prêterai un miroir, offre Picasso. Ça agrandit l'espace.

— J'accepte ! Me regarder dans une glace me donnera peut-être une haute idée de moi-même.

Jarry prend un feuillet qui traînait sur son matelas.

— Je peux vous lire un texte que j'ai commencé cette nuit ?

— Va, l'encourage Apollinaire.

Jarry chausse ses besicles, bascule sur le côté, en équilibre sur le coude droit.

— Ça s'appelle « La Passion considérée comme course de côte ». J'aurais pu titrer « Jésus fait du vélo », mais ça manque de charme.

Il inspire un grand coup, comme s'il prenait son élan avant une épreuve sportive, et se lance :

— *Le starter Pilate, tirant son chronomètre à eau ou clepsydre…*

— Pardon ! interrompt Picasso. Expliquez au pauvre Espagnol ce qu'est une clepsydre.

— Imagine un sablier sans sable mais avec de l'eau, répond Apollinaire. Pour noyer le temps.

— Pilate doit donner le départ d'une course, reprend Jarry. Je lis, si vous le permettez : *Jésus démarra à toute allure. En ce temps-là, l'usage était, selon le bon rédacteur sportif saint Mathieu, de flageller au départ les sprinters cyclistes, comme font nos cochers à leurs hippomoteurs. Le fouet est à la fois un stimulant et un massage hygiénique. Donc Jésus, très en forme, démarra, mais l'accident de pneu arriva tout de suite. Un semis d'épines cribla tout le pourtour de sa roue d'avant.*

— Tu veux dire qu'il crève, précise Picasso.

— Il tombe, oui. Et que fait-il après s'être ramassé ?

— Il se relève, déclare judicieusement Apollinaire. On connaît l'histoire.

— *Donc Jésus, après l'accident de pneumatique*, reprend Jarry tout en basculant son corps de l'autre côté, le coude gauche faisant support, *Jésus monta la côte à pied, prenant sur son épaule son cadre…*

— Le vélo à la place de la croix ? interroge Apollinaire, dubitatif.

— Il suffit de se représenter la chose.

— Difficile, objecte Picasso. Il faut faire un gros effort d'imagination.

— *Des gravures du temps reproduisent cette scène, d'après des photographies. Mais…*

Jarry s'interrompt, saute une phrase et retombe sur la suivante :

— *Il semble que ce sport fut interdit un certain temps, par arrêté préfectoral. Ce qui explique que les journaux illustrés, reproduisant la scène célèbre, figurèrent des bicyclettes plutôt fantaisistes. Ils confondirent la croix du corps de la machine avec cette autre croix, le guidon droit. Ils représentèrent Jésus les deux mains écartées sur son guidon, et notons à ce propos que Jésus cyclait couché sur le dos, ce qui avait pour but de diminuer la résistance de l'air. Notons aussi que le cadre ou la croix de la machine, comme certaines jantes actuelles, était en bois.*

— Surréaliste, commente Apollinaire, m'autorisant à employer un terme qu'il inventera en 1917 pour sa pièce *Les Mamelles de Tirésias*, terme repris par André Breton et les siens qui, au demeurant, vénéraient autant Jarry qu'Apollinaire.

Picasso, lui, considère le poète-cycliste allongé sur le lit avec une moue aisément décryptable : complètement taré.

— Elle se termine comment, ton histoire ?

— Au ciel, j'imagine, répond Apollinaire tandis que Jarry, chutant sur le flanc après avoir oublié la fonction support de son coude gauche, lève les deux mains vers le plafond en signe d'ignorance.

— Repassez plus tard, j'aurai fini. Je serai à la Closerie des Lilas entre cinq heures et cinq heures vingt. J'y donne une petite leçon de pataphysique.

— Je connais la patacrêpe, énonce Apollinaire, mais la pataphysique…

— Une science que nous avons inventée et dont le besoin se faisait sentir.

— Tu nous expliqueras, dit Guillaume.

Il se redresse trop brusquement, oubliant le plafond bas.

— Aïe!

— On a un service à te demander, minaude Picasso tout sourire. Un petit rien pour toi, un grand quelque chose pour nous.

— Notre croix, enchaîne Apollinaire en se frottant l'occiput qu'il craint d'avoir gravement endolori.

— Chacun la sienne, dit Jarry. Un vélo?

— Non. Une valise.

Apollinaire la sort d'entre ses jambes. Jarry la reluque et constate:

— Au moins, elle n'est pas haute.

— Tu pourrais en faire une banquette.

— Bonne idée!

— Certainement pas, rectifie sèchement Apollinaire.

Il prétexte:

— Elle s'effondrerait sous le poids de qui s'assied dessus.

À Picasso, une fois dehors, il met les points sur les i: poser son cul sur la tête d'une femme, ça ne se fait pas. Poser son cul sur la tête d'une femme âgée, ça se fait encore moins. Surtout quand elle date du ve siècle avant Jésus-Christ.

— Déjà, tu lui as découpé les noreilles!

— D'accord, mais qu'est-ce qu'on en fait?

— La Seine, propose Picasso. On avait renoncé mais, finalement, c'est la seule idée. Pas la meilleure, mais la seule. On réciterait ton petit poème en balançant la valise. Ça ferait comme une oraison.

— *Sous le pont Mirabeau coule la Seine,* commence Apollinaire. / *Et nos amours* / *Faut-il qu'il m'en souvienne…*

Il s'interrompt aussitôt.

— Pas question.

— Pourquoi ?

— *Et nos amours* / *Faut-il qu'il m'en souvienne…* On va croire que j'ai eu une histoire avec la vioque.

— Quelle vioque ?

— La tête.

— Qui va croire ça ? s'esclaffe Picasso.

— La postérité.

— Ah !

Picasso y songe. Puis développe le concept à son profit :

— Moi, on se déplacera pour me voir.

— Et moi, on viendra pour m'entendre, rétorque Apollinaire.

Il déclame :

Un soir de demi-brume à Londres
Un voyou qui ressemblait à
Mon amour vint à ma rencontre

Et le regard qu'il me jeta
Me fit baisser les yeux de honte

Ils marchent au hasard des rues. Le ciel est d'un bleu cobalt assez rare. Sans qu'ils les dirigent vraiment, leurs pas les éloignent de Saint-Sulpice et de Montparnasse. Comme s'ils voulaient prendre de la distance avec la Seine. La boussole des circonstances les conduit non loin des abattoirs de Vaugirard, au pied d'un ensemble étrange constitué d'une rotonde centrale ceinturée de constructions fragiles. Il y a plus d'un siècle, un mécène a acquis le terrain sur lequel il a élevé ces baraques construites à partir des pavillons de l'Exposition de 1900 rachetés à Gustave Eiffel. À l'époque, la Ruche était l'équivalent rive gauche du Bateau-Lavoir. Pas plus de confort, des ateliers disposés en triangles autour de l'ancien pavillon des Vins de la grande Exposition, d'illustres locataires parmi lesquels Chagall, Soutine, Mané-Katz, Léon Bakst, Zadkine et beaucoup d'autres. Tous accourus de l'Est pour rejoindre Paris où les artistes juifs pouvaient peindre sans craindre l'antisémitisme et la loi hassidique condamnant l'idolâtrie.

Des petits chemins biscornus serpentant dans la verdure, des sculptures inachevées posées sur des bancs de pierre, des chevalets apparaissant aux fenêtres, des chants yiddish se mêlant au pépiement des oiseaux, Chagall, nu devant une toile encore vierge, Soutine fouillant les poubelles à la recherche de frusques échangeables contre un œuf ou une sardine. Et Picasso, creusant la terre non loin de l'atelier du Russe sous le regard d'Apollinaire qui, au troisième coup de pelle, émet un avis décourageant :

— Je ne crois pas que ce soit une bonne idée. On ne va pas enterrer la valise là. Il y a trop de passage, et ça pue tellement que les services de l'hygiène ne vont pas tarder à nettoyer tout ça.

Tout ça, c'est une carcasse de bœuf que Soutine a suspendue chez lui. Chaque jour, il la peint sur une toile ravaudée par ses soins, ou sur une croûte acquise au marché aux Puces et aussitôt recouverte. À force, le bœuf a pourri. Quand il ne cherche pas de quoi manger, Soutine va quérir du sang dans les abattoirs, et il le disperse sur la carcasse afin d'en raviver les couleurs.

— Partons, accepte Picasso en abandonnant la pelle. Soutine est un malade mental.

— Un malheureux, corrige Apollinaire.

Malheureux, tragique, bouleversant. L'obsession du bœuf, cette œuvre extraordinaire inspirée du *Bœuf écorché* de Rembrandt, vient de l'enfance. À seize ans, contrevenant aux lois du judaïsme en peignant le rabbin du ghetto de Smilovitchi, Soutine fut enfermé dans la chambre froide de la boucherie de la ville. Il ne s'en remit jamais. Un jour, il vit le boucher trancher le cou d'un oiseau, le sang couler en abondance. Il voulut crier mais n'y parvint pas. Le cri resta enfoui en lui. Il essaya de s'en libérer en peignant des poulets écorchés, des dindons faisandés, des lapins, des canards et, enfin, la carcasse du bœuf. Plus tard, il devait acquérir une trousse enfermant des seringues et de l'ammoniaque. Pour les conserver, il en piquait les cadavres d'animaux qu'il voulait peindre. Mais jamais le cri ne sortit.

La fin de Soutine est atroce. Pendant l'Occupation, il vit avec Marie-Berthe Aurenche, qui fut la deuxième femme de Max Ernst. Juif et apatride, il se cache. Il porte un chapeau au bord abaissé sous lequel il dissimule des cheveux filasse qu'il essaie de protéger en les badigeonnant avec un œuf. Il ne sort que la nuit. Sa concierge le dénonce. Il fuit en Touraine avec Marie-Berthe. Le ventre en miettes, il ne mange plus que des bouillies. Lorsque son estomac se perfore, Marie-Berthe affrète une ambulance qu'elle fait arrêter en chaque lieu où le peintre a déposé une œuvre. Elle veut les récupérer. À l'arrière, Soutine agonise. Quand il arrive à Paris, au terme d'un voyage épuisant, il est trop tard. Il meurt dans des souffrances infernales.

Au cours des dernières années de sa vie, et même avant, il recherchait ses œuvres anciennes pour les détruire. Il les jugeait imparfaites. Collectionneurs et marchands le faisaient suivre pour récupérer dans les poubelles les toiles qu'il y jetait après les avoir découpées.

Quelques images me restent de cette vie d'agonie. Des images joyeuses ou loufoques qu'on attribuerait plus volontiers à un enfant naïf qu'à un artiste rongé par une ashkénasie permanente. Soutine a trente ans lorsque le Dr Barnes – l'inventeur de l'Argyrol – le découvre. Il y gagne un peu de notoriété et de l'argent. Que fait-il après avoir empoché ses premiers billets ? Il se saoule (c'est Man Ray qui raconte), arrête un taxi, se couche à l'arrière et se réveille au bord de la Méditerranée : il rêvait de voir la mer. De retour à Paris, il s'offre le bordel où il monte toujours avec les femmes les plus laides. Il achète des Lucky Strike à bouts dorés qu'il fume ostensiblement car cela lui permet de montrer des mains soigneusement manucurées qu'il fait fièrement virevolter devant lui. Il ôte son chapeau pour que chacun admire une chevelure d'un noir d'encre qu'il fait régulièrement teindre par une Petite Sœur des pauvres.

Longtemps, j'ai cherché sa tombe dans les allées du cimetière du Montparnasse. Elle n'est pas facile à trouver. Soutine repose sous une croix catholique. La date de sa naissance, gravée sur un petit carré de marbre, n'est pas la bonne. Son nom est mal orthographié et à peine visible. Chaque fois, je dépose sur la pierre tombale les petits cailloux rituels, puis je me détourne avec tristesse et je reviens sur mes pas kaléidoscopiques, passant devant le numéro 9 du boulevard Edgar-Quinet où il habita sans qu'aucune plaque le rappelle et où viennent de s'arrêter un peintre et un poète.

L'un dit à l'autre :

— Tu vois qui je vois ?

À quoi l'autre répond :

— Je vois qui tu vois. Ça n'a pas l'air d'aller très fort.

— Je parie que c'est à cause d'Eugénie-Léonie.

Le Douanier Rousseau pleurniche, assis sur un banc. Quand il repère le peintre et le poète, il se lève et trottine vers eux. Il a la larme à l'œil.

— Elle ne veut pas de moi. Elle accepte de tenir ma main dans la sienne, mais refuse de déboutonner mon pantalon.

— À cinquante-quatre ans ?

— Bien sonnés. C'est d'ailleurs ce que je lui ai dit.

— Erreur, pronostique Apollinaire. Ça risque de la crisper.

— Aussi lui ai-je écrit une petite lettre.

Le Douanier tire de sa poche une feuille pliée en quatre.

— Voudriez-vous y jeter un œil ?

Picasso s'en empare.

— J'en suis seulement au début.

Picasso lit et tend le billet à Apollinaire avec ce commentaire :

— Moyen.

— Maladroit, confirme le poète après avoir pris connaissance de la missive. Pas très moderne. Surtout les deux dernières phrases.

Le Douanier chausse ses besicles et ânonne sa prose :

— *Oui, tu me fais bien souffrir, car, heureusement je me sens encore. Unissons-nous, et tu verras si je suis incapable de te servir.*

Il replie son feuillet.

— Ça veut bien dire ce que ça veut dire ?

— Certainement. Mais ça pourrait se dire autrement. *Tu verras si je suis incapable de te servir,* c'est pas très emballant.

— Le tutu des femmes ne fonctionne pas comme le nôtre, confirme Picasso.

— Il faut leur conter fleurette.

— Longtemps.

— Les charmer.

— Leur donner envie.

— *Je me sens encore,* c'est pas terrible comme mise en bouche.

— Hélas, on est loin de la bouche !

Le Douanier est désespéré.

— Récite-lui un petit poème, conseille Apollinaire.

Il réfléchit, puise dans son immense et légendaire culture et propose :

— Du Bellay :

Quand le soupir de ces odeurs
Où nos deux langues qui se jouent
Moitement folâtrent et nouent,
Éventent mes douces ardeurs

— Je n'oserai jamais, déclare le Douanier.

— Essaie Voltaire :

Je cherche un petit bois touffu
Que vous portez, Aminthe…

— Elle ne s'appelle pas Aminthe.

— Écoute jusqu'au bout ! s'impatiente Picasso.

Puis, adressant un geste encourageant au poète :

— Continue, ça m'inspire !

— *Je cherche un petit bois touffu*
Que vous portez, Aminthe

Qui couvre, s'il n'est pas tondu
Un gentil labyrinthe
Tous les mois, on voit quelques fleurs
Colorer le rivage
Laissez-moi verser quelques pleurs
Dans ce joli bocage.

— La proposition est trop directe, estime le Douanier. Elle me vaudra une gifle.

— Alors Ronsard ? propose Apollinaire :

Plût-il à Dieu n'avoir jamais tâté
Si follement le tétin de m'amie !

— Van Dongen ! s'écrie Picasso. Il a certainement dit ça à Fernande ! *Si follement le tétin de m'amie ! hijo de puta !*

Il fait deux allers-retours sur lui-même, cent pas dans un sens, cent pas dans l'autre, rattrapé par le Douanier Rousseau qui ne comprend pas la raison de cet emportement.

— *Qu'en ce monde, où rien n'est certain,* reprend Apollinaire récitant Mallarmé,

On peut affirmer une chose
C'est que ton con vivant et rose
N'est que le con d'une putain !

Il se reprend :

— Non. Elle n'apprécierait pas… Rimbaud, peut-être ? Le *Sonnet du trou du cul* ?

— Inutile, fait le Douanier.

— C'est pour le plaisir :

Obscur et froncé comme un œillet violet
Il respire, humblement tapi parmi la mousse
Humide encor d'amour qui suit la fuite douce
Des Fesses blanches jusqu'au cœur de son ourlet

— C'est sale ! s'écrie le Douanier.

— J'en ai un petit dernier !

— Rien du tout !

Et le peintre, scandalisé, s'en fut, oreilles bouchées sous ses larges paumes, tandis que le poète reprenait quelques vers de sa composition :

Con large comme un estuaire
Où meurt mon amoureux reflux
Tu as la saveur poissonnière
L'odeur de la bite et du cul
La fraîche odeur trouduculière
Femme ô vagin inépuisable
Dont le souvenir fait bander
Tes nichons distribuent la manne
Tes cuisses quelle volupté
Même tes menstrues sanglantes

Sont une liqueur violente
La rose-thé de ton prépuce
Auprès de moi s'épanouit
On dirait d'un vieux boyard russe
Le chibre sanguin et bouffi
Lorsqu'au plus fort de la partouse
Ma bouche à ton nœud fait ventouse.

— Suggestif, apprécie Picasso. Trop pour le Douanier : il a fichu le camp. À toi la valise.

Il la dépose sur le boulevard, Apollinaire la ramasse, et ils marchent vers la Closerie des Lilas où Alfred Jarry les attend. Ils s'arrêtent derrière les feuillages qui, aujourd'hui comme hier, protègent l'intérieur du café des regards trop curieux. À l'époque, on s'en fichait : personne ne connaissait Paul Fort, Prince des poètes, qui réunissait ses amis de plume chaque mardi autour de sa revue, *Vers et prose,* dont un marchand de L'Isle-sur-la-Sorgue, pays de René Char, me vendit un jour la collection à peu près complète. Sous sa couverture d'un vert bouteille défraîchi par les années, on y trouve les signatures d'illustres contemporains, André Gide, Pierre Louÿs, Jules Renard, Guillaume Apollinaire – bien sûr – et, dans le numéro de mars-avril-mai 1906, Alfred Jarry.

Quand Apollinaire et Picasso arrivent à la Closerie, Jarry est assis à une table isolée, face à un miroir. Il porte une redingote noire et un chapeau haut de forme. Il trempe un sucre dans un verre rempli d'un liquide rouge. La salle est vide à l'exception d'une femme qui pourrait être le modèle que peignait Utrillo le soir du deuxième jour. Et Jarry la regarde. Il lui adresse une grimace qui se voudrait un sourire. Les deux visiteurs n'en croient pas leurs yeux : on n'a jamais vu Jarry avec une femme. Il lui lance une œillade passant pour une invite.

— Incroyable ! murmure Picasso.

— Inimaginable ! renchérit Apollinaire.

Ils se tiennent dans une encoignure de porte, bien décidés à assister à cet événement dont déjà ils se repaissent : Jarry avec une femme ! À raconter dans tout Montparnasse, à écrire dans les gazettes, à commenter avec les amis !

Mais il ne sait pas faire, le pauvre Jarry. Il ne connaît pas la marche à suivre dans ce genre de circonstances. Il adresse des grimaces suggestives bientôt carrément obscènes à la jeune femme. Il lui fait même un bras d'honneur. Puis il glisse sa main dans la poche de sa redingote.

— Non ! s'exclame Apollinaire.

Trop tard. Jarry exhibe le Browning, cadeau de Picasso. Il le braque en direction du miroir qui lui fait face, se penche vers la jeune femme – totalement pétrifiée –, regarde la glace, vise et tire. Le verre s'éparpille au sol. Sourire aux lèvres, Jarry s'écrie à l'adresse de l'inconnue en fuite :

— Maintenant que la glace est rompue, on peut causer.

Le père Combes, propriétaire des lieux, se précipite, balai en main. Apollinaire et Picasso s'approchent. D'un geste noble, Jarry désigne les deux places libres en face de lui.

— Asseyez-vous… On boit quoi ?

Apollinaire montre le verre posé sur la table.

— Comme toi.

Jarry hèpe le bistrotier.

— Deux verres d'encre.

— Non merci, fait Picasso.

— Sans façon, confirme Apollinaire.

— Vous avez tort. Avec un sucre, ça se boit très bien.

La petite histoire raconte que Jarry ayant commandé un cognac, un café, du gruyère, une compote et des radis, le patron a cru que son client se moquait de lui. À titre de représailles, il a troqué l'ensemble contre un verre d'encre.

— Je devrais te reprendre le pistolet que je t'ai offert, dit Picasso en s'asseyant. Tu n'en fais pas le meilleur usage.

Il montre le père Combes, occupé à balayer les morceaux de verre tout en râlant qu'on ne l'y reprendra plus.

— Je te le rendrai si tu ne meurs pas.

— Ce que tu viens de dire est idiot, souligne Apollinaire.

— Il pourrait croire en la résurrection.

— Ce qui n'interdit pas de mourir.

— En cas de métempsychose, il choisirait de redevenir Alfred Jarry, insiste Picasso.

— Merci bien ! Une fois suffit ! s'écrie l'assis-debout, pour l'heure vautré sur une chaise en bois.

— Ça ne me dérangerait pas de renaître en moi-même, objecte Apollinaire.

— En Picasso ! s'exclame Picasso. Tu y gagnerais !

Alfred Jarry les interrompt :

— Puis-je poser une question ? Une question de nature pataphysique ?

Après avoir obtenu l'accord de la petite assistance, il montre son verre.

— Mon verre d'encre... À votre avis, je suis assis derrière ou devant ?

— Derrière, répond Apollinaire.

— Et toi ? Tu es assis devant ou derrière mon verre ?

— Devant !

— Échangeons nos places.

Sous l'œil méfiant de Picasso, ils se lèvent, font le tour de la table, l'un prenant la place de l'autre. Alfred Jarry marche courbé, la tête dans les épaules : l'habitude des plafonds bas. Il s'assied et interroge :

— Et maintenant ? Je suis assis devant ou derrière le verre ?

— Devant, répond Guillaume.

— Et toi ?

— Derrière.

— Par rapport à moi ?

— Devant toi.

— Pourquoi ne serait-ce pas moi qui serais devant toi ? Et pourquoi, étant devant moi, serais-tu derrière le verre ?

— Mettez-vous côte à côte, intervient Picasso, et n'en parlons plus !

— Ce sera pareil, objecte Jarry. Reconnaissez seulement que tout est une question de point de vue. Le sien contre celui des autres. Si l'homme était plus humble, Cornegidouille, il admettrait sans erreur que deux êtres qui se font face sont égaux, tout comme ceux qui sont côte à côte. Le verre n'est qu'un arbitre d'occasion.

Sans crier gare, il monte sur la table.

— La seule position qui ne prête à aucune confusion, c'est quand l'un est au-dessus de l'autre… Ne bouge pas !

Jarry se hisse sur les épaules d'Apollinaire.

— Maintenant, lève-toi !

Apollinaire s'exécute, sans grâce et assez difficilement.

— Tu devrais manger moins gras ! ricane Picasso.

— Là, déclare Jarry, juché sur les dos du poète, je suis clairement au-dessus, et toi au-dessous. Nous sommes dans une position hiérarchique. Alfred Jarry est au-dessus de Guillaume Apollinaire.

— C'est ton rêve ?

— Mon désespoir, répond Jarry en sautant à terre.

— Dommage, regrette Picasso, j'allais monter !

— Mon désespoir, poursuit Jarry, parce que, avec un mètre soixante de hauteur sous plafond, je n'ai jamais su dominer personne. On m'a foutu le père Ubu sur le dos, et je n'ai jamais pu m'en défaire ! Merdre ! Je suis une larme minuscule coulant de moi-même.

Il trempe un sucre dans l'encre, le croque et disparaît au sous-sol où les toilettes l'attendent.

— Jarry souffre d'un double drame, explique Apollinaire à Picasso. Tu n'en connais qu'un : l'herbe sainte.

— C'est quoi, l'herbe sainte ?

— L'absinthe.

— Et l'autre drame ?

— Il n'est pas l'auteur d'*Ubu Roi.*

— Merdre ! s'écrie à son tour Picasso, interloqué. Je ne te crois pas !

Il n'est pas le seul. Mais Guillaume a raison : Alfred Jarry n'est pas l'auteur de cette œuvre qui l'a pourtant consacré. Quand, à seize ans, Jarry est arrivé au lycée de Rennes, la pièce était déjà écrite. Elle avait été créée par des élèves qui se moquaient à travers elle d'un de leurs professeurs. Jarry s'est contenté de lui donner son titre, de nommer le personnage principal et, très probablement, d'ajouter quelques scènes. Scénario facile à imaginer, difficile à porter, surtout quand le prête-nom d'une telle œuvre est par ailleurs l'auteur de livres remarquables dont l'histoire littéraire a à peine retenu les titres.

— Je sais de quoi vous parlez, déclare Alfred en arrivant du sous-sol. Ne le niez pas. Je le vois à votre tête. Vous faites comme les autres : vous m'écrasez sous Ubu.

Il s'assied, boit son verre d'encre, esquisse une amère grimace et poursuit :

— Ubu est l'anarchiste parfait. Moi, seulement un cycliste incorruptible.

— Tu as passé ta vie à imiter Ubu, conteste Apollinaire.

— Il est inimitable, dément Jarry. À part la noreille.

Il se la gratte puis sort de sa poche une feuille blanche couverte de hiéroglyphes.

— Vous ne m'avez même pas demandé de vous lire la fin de mon texte : *La Passion considérée comme course de côte.* Où en étions-nous ?

— Jésus porte sa croix.

— Son vélo. Un vélo en bois.

— C'est ça, fait Picasso. La suite ?

Jarry chausse de nouveau ses besicles et lit :

— *Dans la côte assez dure du Golgotha, il y a quatorze virages. C'est au troisième que Jésus ramassa la première pelle. Sa mère, aux tribunes, s'alarma.*

L'auteur se gratouille une nouvelle fois la noreille, saute un passage et atterrit un peu plus loin :

— *Jésus, quoique ne portant rien, transpira. Il n'est pas certain qu'une spectatrice lui essuya le visage, mais il est exact que la reporteresse Véronique, de son kodak, prit un instantané. La seconde pelle eut lieu au septième virage, sur du pavé gras. Jésus dérapa pour la troisième fois, sur un rail, au onzième. Les demi-mondaines d'Israël agitaient leurs mouchoirs au huitième. Le déplorable accident que l'on sait se place au douzième virage. Jésus était à ce moment dead-head avec les deux larrons. On sait aussi qu'il continua la course en aviateur… mais ceci sort de notre sujet.*

Lecture faite, Jarry interroge :

— Alors ?

— Surréaliste, répète Apollinaire.

Au point même, mais il l'ignore encore, qu'André Breton, qui appelait Alfred : *Jarry, celui qui revolver,* glissera ce texte dans son *Anthologie de l'humour noir.*

— Rien d'autre ?

— Difficile à dire, marmonne Picasso qui n'a pas tout compris.

Jarry ramasse son galurin, déposé sur la table, quitte la Closerie des Lilas et se dirige vers la statue du maréchal Ney qui prend l'ombre à l'extérieur, sur la petite place attenante.

— Vous voyez que je suis capable de faire de la littérature ! Ils sont tous là à me boucher la route avec Ubu. Il faut que je le parle, que je le mime, que je le vive. On ne veut que ça !

— On ne te demande rien, réplique Picasso sur un ton consolateur.

Jarry marche devant, à dix pas. Il est excédé. Selon une habitude notée par tous ses contemporains, il sort son flingue et commence à tirer dans les arbres. Une femme qui passait par là avec son petit garçon se réfugie précipitamment sous un feuillage et s'écrie :

— Arrêtez ! Vous allez tuer mon enfant !

— Aucune importance, rétorque Jarry, nous vous en ferons un autre !

Il se retourne vers ses deux camarades et dit :

— Quand je serai mort et que vous penserez à moi, embrassez-vous.

Puis, comme ils ne bougent pas :

— Vous voyez ! Vous ne pensez pas à moi !

Tournant brusquement les talons, il court pour rattraper un omnibus, grimpe sur le marchepied et se retourne.

— Embrassez-vous ! crie-t-il.

— Embrassons-nous, propose Apollinaire. Ça le rendra heureux.

Puis, après que Jarry a disparu dans les nuées voyageuses :

— C'est un homme de lettres comme on l'est rarement.

— Tu l'écriras ?

— Oui. Et j'écrirai aussi que ses moindres actions, ses gamineries, tout cela, c'est de la littérature… Il a posé cette question extraordinaire : *Dieu est le plus court chemin de zéro à l'infini. Dans quel sens ?*

— Du point de vue de Dieu, depuis l'infini, répond Picasso ; du point de vue de l'homme, de zéro.

— Parce que l'homme compterait zéro face à Dieu ?

— Si tu crois, oui, si tu ne crois pas, non.

— Tu crois ?

— Ça dépend de mes besoins. Quand j'ai faim, un peu. Quand j'ai soif, beaucoup… Les indigents croient plus.

— Ils croient en silence. C'est très respectable…

Ils réfléchissent à cette question tout en descendant le boulevard du Montparnasse. Parvenus à hauteur de l'église Notre-Dame-des-Champs, ils aperçoivent Max Jacob qui, après s'être fait expulser de tous les confessionnaux de la rive droite, tente sa chance dans les églises de la rive gauche.

— Max a écrit une phrase magnifique, se souvient Guillaume Apollinaire : *Ma conscience est un linge sale et c'est demain jour de lavoir.* Le lavoir, c'est l'Église et la confession. On devrait l'imiter.

— Tu veux entrer dans cette église ? s'insurge Picasso.

— Regardons les choses en face : depuis que le sort nous a balancé cette valise entre les pattes, nous sommes mis à l'épreuve. Dieu nous observe.

— Où ça ? questionne Picasso en scrutant autour de lui.

— Nous ne sommes que deux pécheurs. Il faudrait obtenir une grâce administrative.

— Ainsi soit-il.

— Nous verrons.

— Nous verrons quoi ?

— S'il en sera ainsi.

— On devrait se faire une petite confession, propose Apollinaire. On ne sait jamais.

Sans crier gare, déposant la valise à ses pieds et un genou en plein milieu du trottoir, baissant la tête et joignant les mains, il ordonne :

— Confesse-moi.

Jouant un jeu imaginaire, le prêtre improvisé pose la main sur la tête du pécheur. Alentour, quelques badauds s'arrêtent.

— Alors ?

Apollinaire secoue la tête.

— Rien ? Une mauvaise action, un reproche que tu te ferais à toi-même ?

— Zéro.

— Une pensée nauséabonde ?

— Aucune.

Il se relève.

— Ma conscience est en paix avec elle-même.

Picasso s'agenouille. Il rit sous cape en voyant croître le cercle de ses admirateurs. Il se dit qu'un jour ils seront plus nombreux encore à la porte des musées, dans les lieux qu'il habitera…

— Ça vient ? s'impatiente Apollinaire.

Picasso secoue la tête.

— Je ne vois rien.

— Pense à Van Dongen.

— *El bastardo !*

— Fais un effort. Montre au Seigneur ta bonne volonté.

— Pardonnez-lui, Seigneur, ânonne le pécheur, d'avoir voulu coucher avec Fernande Olivier, ma fiancée.

— C'est toi qui dois être pardonné ! s'exclame Apollinaire. Pas lui.

— Pardonné de quoi ? réplique Picasso en se relevant brusquement.

— D'être jaloux !

— C'est un défaut, d'être jaloux ?

— Sois magnanime. Le Christ a bien pardonné à la femme adultère.

— Facile : ce n'était pas la sienne !

Cinquième jour

Le samedi, c'est jour de fête. Le samedi, on mange à l'œil. Les Stein reçoivent. Une fois par semaine, tous les pique-assiette de Montmartre et de Montparnasse se retrouvent rue de Fleurus chez ces collectionneurs venus d'Amérique. C'est un rituel. Il suffit de se recommander d'un ami lui-même ami d'un ami porté sur la peinture pour que s'ouvre ce temple des arts et de la boustifaille.

Picasso et Apollinaire sont des habitués. Ils ont quasiment leur rond de serviette sur la table. Ce samedi-là, après avoir dormi au Bateau-Lavoir, ils attendent que Fernande finisse de se préparer. Gironde, en dessous affriolants, la jeune femme essaie des robes devant un miroir aux trois quarts piqué. Guillaume se rince l'œil. Pablo court de l'armoire à la glace, faisant écran de son corps à ce spectacle qu'il aimerait garder pour lui tout seul. Il gronde :

— Tu pourrais t'intéresser à autre chose !

À quoi le poète répond :

— J'ai du mal !

— Attends au moins que Van Dongen l'ait mise sur le trottoir ! On fera l'affiche ensemble. Toi le texte, moi le dessin.

— Un gribouilleur et un pisse-copie, ricane Fernande. Ah ! Il est beau, l'art moderne !

Elle se tourne vers Guillaume, qui n'en perd pas une miette. Picasso reste entre eux, se déplaçant au rythme de sa maîtresse qui va chercher une troisième robe, revient vers le miroir, l'enfile, s'observe, demande qu'on l'aide à fermer les boutons avant de le faire elle-même, craignant que les deux hommes n'en viennent aux mains pour profiter de l'avantage.

Quand elle sort, Picasso demande :

— Tu nous accompagnes ?

— Non.

— Tu vas où ?

— Dehors.

— C'est grand, dehors.

Devinant la crise de jalousie à venir et préférant l'éviter, Fernande se rallie. Apollinaire empoigne la valise : l'idée, c'est de l'emporter avec soi et d'aviser sur place.

Les Stein ont débarqué à Paris quelques années plus tôt. Gertrude, la sœur de Leo, Leo, le frère de Gertrude. Ils ont écumé ateliers et galeries, ont acheté des dizaines d'œuvres. Chez Clovis Sagot, ancien clown, ancien pâtissier reconverti dans la peinture, ils ont découvert Picasso. Le marchand leur a montré une œuvre de la période rose, époque joyeuse qui succédait à l'affliction de la période bleue. Leo est tombé en admiration devant une toile peinte en 1905, *Jeune fille nue avec panier de fleurs.* Gertrude n'a pas trop aimé : elle trouvait les pieds imparfaits. « Coupez-les », a suggéré Sagot. Ils n'en ont rien fait mais ont acheté quand même. Puis ils ont monté les escaliers et les raidillons conduisant au Bateau-Lavoir.

J'imagine assez bien le spectacle. Utrillo conduisant son tchoutchoutchou, bouteillons en poche, une nuée de gamins accrochés à ses basques, stoppant net devant cette double apparition : une femme de type masculin, lourde, épaisse, le cheveu ras, engoncée dans un costume en velours, les orteils débordant de sandales à lacets qui s'écrasent sur le limon de la place Ravignan ; donnant le bras à son frangin, minuscule à côté d'elle, chapeau et gilet, très classe, barbe bien peignée, d'aspect froid, sévère, appliqué.

Ils s'enquièrent d'un certain Monsieur Picasso, s'aventurent dans les couloirs sombres du Bateau-Lavoir, poussent la porte de l'atelier. Picasso les reçoit sans passion : il déteste être dérangé. Il travaille la nuit, se lève dans l'après-midi, ouvre avec réticence aux marchands, se sépare avec peine de ses œuvres.

On n'offre ni thé ni café, personne ici n'étant équipé pour. Gertrude s'assied sur une malle noire qui fait office de fauteuil. Leo demande à voir. Aussitôt, c'est le coup de foudre. Les Stein achètent. Grâce à eux, Picasso commande le matériel qui lui manque, ce qui lui évite de peindre par-dessus d'anciennes toiles. Surtout, il observe Gertrude. Il est fasciné par son allure et son visage.

— Je voudrais vous peindre.

Elle accepte, flattée. Dans les profondeurs du Bateau-Lavoir, on trouve un vieux fauteuil sur lequel elle s'assied. Picasso se campe devant elle et commence son tableau. Le lendemain, elle revient. Puis le surlendemain. Et le jour d'après. Ainsi pendant quatre-vingt-dix jours. Il voudrait la peindre comme Ingres a peint Monsieur Bertin, une présence indestructible, sauf que Monsieur Bertin incarne la bourgeoisie au pouvoir sous Louis-Philippe (le Roi-Poire) alors que Gertrude Stein, c'est tout sauf ça. Pour l'heure, un modèle qui ne s'impatiente même pas, à qui Fernande lit les *Fables* de La Fontaine, qui reste immobile pendant des heures sous le regard de l'artiste. Après trois mois d'efforts, celui-ci efface le visage et couche ses pinceaux.

— Je n'y arrive pas.

Il part à Gósol, village catalan perdu dans les Pyrénées. Là-bas, le monde est tout autre : il existe à peine. Pierres et montagnes, des sources naturelles, quelques contrebandiers. Parfait pour qui recherche un primitivisme disparu, une forme d'inspiration que l'art nègre consacrera et dont les statuettes ibériques datant d'avant la conquête romaine, planquées dans la valise en route pour la rue de Fleurus ce samedi-là, portent témoignage. Tout est lié. Tout se retrouve dans le *Grand nu rose*, Fernande à Gósol, rondelette, les cheveux ramassés, méconnaissable. C'est le regard qui compte : il n'y en a pas. Les yeux n'ont pas d'orbite. Un masque. Fernande est sans expression. Ainsi l'a voulu Picasso. Le cubisme arrive, *Les Demoiselles d'Avignon* sont à l'approche.

De retour au Bateau-Lavoir, sans même convoquer Gertrude Stein, Picasso peint le visage de son modèle ainsi qu'il l'avait vu, ainsi qu'il voulait le représenter : un masque primitif.

Elle ne se ressemble pas, mais elle aime se voir ainsi. Et pas seulement ainsi. Sous de multiples coutures, face, profil, peinte, sculptée, photographiée, tout au long de sa vie. Le plus connu de ses portraits n'est pas signé Vallotton ou Picabia mais Picasso. D'ailleurs, il occupe une place de choix dans l'atelier de la rue de Fleurus. Et il est bien entouré : Gauguin, Manet, Cézanne, Renoir, Braque, Matisse ornent les murs de la maison. Tous sous l'œil éclairé de Gertrude et de Leo.

Gertrude est un personnage haut en couleur. D'après ce que l'on sait d'elle à travers ses écrits, ceux d'Alice Toklas – sa secrétaire et amante – et les témoignages des peintres et des écrivains qui l'ont fréquentée, elle était tout à la fois d'un extrême courage, d'une rare vanité, d'un ridicule assumé et d'une générosité telle que beaucoup de rapins lui doivent le beurre qu'ils ont mis dans les épinards quand la disette régnait. Elle est courageuse parce qu'elle ne craint pas de s'afficher comme elle est – costumes hilarants et amours saphiques à une époque où ça ne se dévoile pas ; vaniteuse parce que si personne ne lit plus guère ses romans, elle s'estimait supérieure à Aldous Huxley, D.H. Lawrence et James Joyce ; ridicule en maintes occasions, par exemple lorsqu'elle reçoit Hemingway venu boire de l'eau-de-vie chez elle, à qui elle propose de donner des leçons d'écriture sans croire vraiment à son avenir, pas plus qu'en celui des écrivains sortis de la guerre, tous alcoolos, sans respect pour rien, bref, selon son mot fameux et fameusement stupide, membres d'une « génération perdue ».

Elle est aussi une fameuse commère, ce qui plaît à Fernande mais hérisse Picasso. Il n'est pas le seul.

Cependant, il est capable de passer l'éponge sur les excès de cette femme qui lui a acheté maints tableaux. Il vient rue de Fleurus par gratitude et politesse. Mais sitôt qu'il a poussé la porte dans un sens, il n'a qu'un désir : la pousser dans l'autre. Foutre le camp de ces mondanités qu'il déteste, de ce musée bourré de tant de tableaux qu'ils s'écrasent tous, de cet intérieur empesé.

Mais on y mange. Guillaume Apollinaire a filé vers le buffet. Braque, Derain et Vlaminck le rejoignent. Matisse, sanglé dans son costume trois-pièces, explique à un quidam en bretelles pourquoi, comment et combien les Stein ont acheté sa *Femme au chapeau*, exposée sous le portrait de l'hôtesse peint par Picasso. Lequel rejoint le quatuor des affamés auprès du bar. Il s'ennuie. Il fait la gueule. Fernande l'a délaissé pour la maîtresse des lieux qui, lui montrant les quatre armoires à glace entourant son homme, déclare :

— Vous ne trouvez pas qu'il ressemble à Napoléon protégé par ses grenadiers ?

Max Jacob entreprend Guillaume sur un sujet de son cru, provoquant le rapatriement immédiat de Miss Stein qui n'aime rien tant que les joutes verbales auxquelles ces deux-là se livrent avec talent. C'est toujours Guillaume qui gagne. Parfois, Gertrude essaie d'y glisser son petit grain de sel puis se replie, vaincue par la faconde et les traits d'esprit du poète. Rien à faire : il est le plus fort. À peine a-t-il enfourné une dose bienvenue de petits fours et avalé une quantité idoine d'un breuvage alcoolisé irradiant ses traits, qu'il démarre sur Buffalo Bill et Nick Carter, enchaîne sur Pétrone, demande qui connaît l'empereur Pertinax, décrit la tiare de Saïtaphernès, esquisse un pas de danse sur une poskotznika improvisée, compose un poème venu d'ailleurs :

Avec ses quatre dromadaires
Don Pedro d'Alfaroubeira
Courut le monde et l'admira.
Il fit ce que je voudrais faire
Si j'avais quatre dromadaires

Braque ne l'entend pas. Verre en main, les lèvres pincées, il se dirige vers une de ses toiles. Une aquarelle de Cézanne de chaque côté, lui au milieu. Les trois au-dessus de la cheminée. Sous les assauts du noir de fumée, elles ont noirci. Braque ne décolère pas. Picasso, qui l'a rejoint, enrage à son tour. Il montre à son compagnon de cordée deux de ses œuvres.

— Elles sont défigurées. Gertrude les a vernies.

Il est dégoûté. Braque conclut avec dédain :

— Cette femme aime tout ce qui brille.

Il s'éloigne tandis qu'un convive s'approche de Picasso. Il montre le portrait de leur hôtesse achevé après le retour de Gósol et demande :

— C'est Gertrude Stein ?

Picasso ne répond pas. L'autre commente aigrement :

— Il ne lui ressemble pas.

À quoi Picasso oppose une réplique qui a fait le tour de ses biographies et qui, vraie ou fausse, en dit moins sur celle qui les reçoit rue de Fleurus que sur lui-même et le regard qu'il porte sur son œuvre :

— Aucune importance : c'est elle qui finira par lui ressembler.

Normalement, si le nombre de convives ne dépasse pas la capacité d'accueil de l'atelier, chaque peintre doit maintenant prendre place sous le tableau qu'il a signé. Sauf que, dans notre histoire, ça ne va pas se passer ainsi. Furieux pour toutes les raisons qu'on sait, Picasso rejoint Fernande, l'empoigne par le coude et déclare, fermement mais à mi-voix :

— On s'en va.

— Pas question.

Il a un mouvement d'humeur face à cette rébellion inhabituelle, une crise pourrait même survenir, par chance elle est aussitôt contrariée par une révélation dramatique : la valise a disparu. Picasso croyait l'avoir laissée aux bons soins d'Apollinaire, qui lui-même pensait en avoir confié la responsabilité à Picasso, en sorte qu'ils se retrouvent tous deux au bord de l'apoplexie, s'accusant l'un l'autre d'avoir précipité leur retour probable à une frontière extérieure.

Ils cherchent. Vestiaire, toilettes, ils ouvrent même les portes des buffets, enfilent des couloirs sombres débouchant sur des pièces aux volets clos, finissent par tomber sur Alice Toklas, occupée à taper les Mémoires de sa maîtresse sur une Underwood noire.

— Ah ! fait-elle, surprise.

Ils s'excusent, bafouillent, le plus clair des deux étant Guillaume qui finit par avouer à la demoiselle qu'ils cherchent une valise, pas grande la valise, mais contenant un bagage important puisque puisque…

— Vous partez en voyage ?

— On va à la gare, balbutie Picasso, pris d'une idée soudaine tombant comme un cheveu sur la soupe, la soupe lui paraissant aussitôt d'une tiédeur quasi miraculeuse. Oui, reprend-il sans donner plus d'explications, nous devons aller à la gare.

— Mais elle est là, votre valise ! s'exclame Alice Toklas en délaissant le clavier de sa machine. Suivez-moi.

Retour dans les couloirs, le vestiaire de nouveau, la valise est là, sous un banc recouvert par les manteaux des pique-assiette.

— Je l'avais mise là pour pas qu'on l'abîme.

Pablo remercie, l'empoigne. Deux minutes plus tard, les deux garçons quittent la rue de Fleurus. C'est seulement quand ils atteignent le jardin du Luxembourg, un peu avant le bassin, que Picasso lâche l'idée qui lui est tombée dessus comme un cheveu sur la soupe.

— On va glisser la valise dans une consigne de gare, et après, on s'en lavera les mains.

— Pas mal, apprécie Guillaume. Elle y restera cinq siècles de plus, mais ce ne sera plus notre affaire.

Ils s'enfoncent sous les grands arbres abritant les reines de France. Quand ils atteignent la fontaine Médicis, le ruissellement de l'eau les enchante tant qu'ils s'assoient sur un banc tout proche.

— Petite pause, déclare Apollinaire. La question est : quelle gare ?

— La plus proche.

— Montparnasse ?

— Trop dangereux : Vavin est à deux cents mètres et on y est tous les jours.

— Orsay ?

— Pas mieux : je pars de là quand je vais en Espagne.

Saint-Lazare mène en Normandie, où ils sont susceptibles d'aller pour y visiter le bocage qu'ils ne connaissent pas encore. Lyon conduit au soleil, la lumière est belle, on marchera bien un jour sur les traces de Cézanne, ménageons nos arrières.

— Gare du Nord ?

— Trop froid.

— Gare de l'Est ?

Après avoir envisagé puis renoncé à visiter Strasbourg, l'Alsace et la Lorraine, ils choisissent de descendre vers Saint-Michel puis de remonter le boulevard Sébastopol jusqu'à cette gare d'où, quelques années plus tard, fleur au fusil, partiront les milliers de pioupious qui se feront hacher menu dans les plaines de Verdun.

— J'ai eu l'idée, tu portes la valise, commande Picasso.

Ainsi vont-ils. La chaleur est intense, ils arrivent tout mouillés. Se faufilent parmi les voyageurs porteurs de bagages beaucoup plus volumineux que le leur, cherchent une consigne libre, y enfournent les deux têtes ibériques vaccinées, j'espère, contre la claustrophobie, puis s'en retournent, toute crainte d'expulsion disparue, la conscience enfin allégée.

— Allons fêter ça chez le père Frédé, propose Guillaume.

Le père Frédé, c'est toute une histoire. Une figure de Montmartre. Picasso et sa bande l'ont connu au Zut, un bistrot fermé par ces messieurs de la Préfecture en raison d'un public penchant vers les divagations anarchistes. Qu'à cela ne tienne : le père Frédé est passé de l'autre côté de la colline, rue des Saules, où se trouvait une gargote enfouie sous les vignes. Ça s'appelait le Cabaret des Assassins, c'est devenu le Lapin agile. Berthe la Bourguignonne tient les manettes de la cuisine tandis que le père Frédé, pipe au bec, barbe dégringolant sur le plastron, sert des « combines », mélange maison, cerise, vin blanc, guignolet, grenadine. À ne pas mettre entre toutes les mains.

Quand il fait beau, on boit au soleil. Sinon, c'est dans la salle, à l'ombre de la cheminée. Les peintures accrochées aux murs racontent la

Butte plutôt que l'art moderne : Utrillo, Poulbot, Valadon. Et aussi un autoportrait de Picasso (*Au Lapin agile,* 1905) et une gouache et pastel sur papier représentant la fille de la maison (*La Femme à la corneille,* 1904). L'oiseau fait assez bon ménage avec une famille de souris blanches et un âne, Lolo, peintre d'un jour reconnu comme le maître de l'excessivisme.

La farce est connue. Dans l'histoire de l'art, elle tient la corde. Les preuves étant flagrantes, personne n'a jamais nié son authenticité. Elle vaut le détour. Raison pour laquelle j'encourage Picasso et Apollinaire à faire un crochet par le Lapin agile en revenant de la gare de l'Est.

Lolo trône au centre d'un public très attentif. Un pinceau est attaché à sa queue ; un chevalet sur lequel a été disposée une toile vierge se trouve juste derrière. Un homme en chapeau et veston sombre prend des notes sur un carnet : maître Brionne, huissier de justice. Il a été requis par Roland Dorgelès, écrivain de son état, pour certifier que l'animal est bien le créateur du tableau en cours d'élaboration.

— Puisque vous êtes là, indique l'huissier à Picasso, pouvez-vous tremper le pinceau dans un peu de couleur ?

Il lui montre plusieurs pots alignés sur la bordure de la terrasse.

— Quelle couleur ?

— Je vous laisse le choix des nuances.

Picasso choisit un rouge tirant sur l'orange.

— Maintenant, demande l'huissier à Apollinaire, donnez un peu de subsistance à ce pauvre animal.

Il désigne une botte de carottes que tient Berthe entre ses blanches mains. Apollinaire en prend une et la présente à Lolo. Celui-ci exprime sa joie par un mouvement de queue, faisant jaillir un jet de peinture rouge orangé sur la toile jusqu'alors immaculée. L'huissier prend sa plume et ouvre son carnet.

— Je note que la carotte produit un effet certain sur ce quadrupède... Continuons.

D'un pot on passe à un autre jusqu'à épuisement des couleurs. Lorsque la botte de carottes a disparu dans l'estomac du quadrupède, la toile s'orne de bandes horizontales, bleues en bas, jaunes au milieu, orangées dans sa partie supérieure.

— On dirait un lever de soleil, dit Apollinaire.

Roland Dorgelès rétorque :

— Un coucher, plutôt.

— Affinons, suggère l'huissier.

Le père Frédé entonne *Le Temps des cerises* en s'accompagnant à la guitare. Aussitôt, le quadrupède bat la mesure avec sa queue avant de s'arrêter à la dixième mesure. Il brait avec force, découvrant une denture colorée.

— Donnons-lui du tabac, dit le père Frédé.

Sans attendre, il tend une cigarette que l'animal gobe aussitôt. Sa queue bat dans tous les sens, frénétique et joyeuse.

— Je note que l'inspiration de l'artiste se trouve décuplée par les substances tabagiques, déclare l'huissier tout en notant.

Quand les pots de peinture sont vides et l'âne repu, Roland Dorgelès décroche le pinceau de la queue, observe longuement le tableau et déclare :

— Je propose d'appeler cette œuvre *Et le soleil s'endormit sur l'Adriatique.*

Une salve d'applaudissements valide ce choix.

— Quel nom donner à l'artiste quadrupède ?

— Lolo, avance le père Frédé. Mon âne doit être reconnu pour ce qu'il est : un grand artiste.

— Aliboron, suggère Guillaume Apollinaire. C'est l'âne de La Fontaine :

Pour un Âne enlevé deux Voleurs se battaient :
L'un voulait le garder, l'autre le voulait vendre.
Tandis que coups de poing trottaient,
Et que nos champions songeaient à se défendre,
Arrive un troisième Larron
Qui saisit Maître Aliboron.

— Parfait ! s'exclame Dorgelès. Choisissons une anagramme à partir d'Aliboron.

On chercha. Boronali fut acclamé. Joachim-Raphaël Boronali, peintre futuriste italien né à Gênes, maître d'un mouvement créé ce jour-là : l'excessivisme. L'auteur de la blague signa le tableau *J.R. Boronali.* Son œuvre, *Et le soleil s'endormit sur l'Adriatique,* fut exposée au Salon des indépendants. Il donna lieu à d'âpres débats, surtout après que Dorgelès eut révélé le canular à la presse parisienne.

Si l'on accepte une marge d'erreur de quelques mois – ce qui est peu sur la distance d'un siècle –, on admettra que l'idée de Dorgelès aurait pu faire son petit bonhomme de chemin dans les cervelles de nos deux personnages : le recours à la presse. Dans la réalité, Picasso et Apollinaire demandèrent à un tiers d'informer *Paris-Journal* de la présence des têtes ibériques dans une consigne de la gare de l'Est. Nul ne m'en voudra de choisir ce tiers parmi leurs proches, même si d'aucuns relèveront un anachronisme que je ne nie pas en prenant Guillaume Apollinaire et Pablo Picasso par la main pour leur faire retraverser la Seine, monter la rue de Rennes, tourner à gauche sur le boulevard du Montparnasse et s'arrêter à la Rotonde où, dans la famille des rapins, je choisis Henri Rousseau, dit le Douanier.

Le peintre se lamente parce que Eugénie-Léonie ne veut vraiment pas. Guillaume lui propose d'écrire le petit mot attestant d'une parfaite moralité.

— Même si maman et papa acceptent les épousailles, si leur fille s'y oppose, ça ne débouchera pas !

— Épouse la mère, suggère Picasso.

Apollinaire lui refile un coup de pied dans les tibias : ce n'est pas le moment de railler le Douanier, on a besoin de lui.

— À mon tour de te demander un petit service, commence le poète. Un tout petit service…

— Tu as besoin d'un billet d'honorabilité ?

— Seulement un coup de fil.

— À une dame ?

— Une standardiste.

— Ah ! fait le Douanier avec une pointe égrillarde dans le regard. Mignonnette ?

— Je ne sais pas encore.

— Pourquoi tu ne l'appelles pas toi-même ?

— Il ne faut pas qu'elle reconnaisse ma voix.

On lui explique l'affaire sans entrer dans les détails.

— Vous avez tué le tigre, apprécie le Douanier, à moi maintenant de vaincre le soupçon.

Tout joyeux, il descend au sous-sol. Les deux autres suivent, restant sur leurs gardes. Passons sur la manière dont, à l'époque, on obtenait le numéro demandé. Peut-être le Douanier tombe-t-il sur les personnes qui, cinq jours plus tôt, avaient enfoncé des fiches dans des orifices prévus afin de communiquer avec Laval. Une minute plus tard, la liaison est établie.

— Je me lance ! souffle le Douanier à l'adresse de ses amis.

Puis, à voix très haute, hurlant presque :

— C'est le journal *Paris-Journal* ?

— Moins fort ! proteste Picasso à mi-voix.

— *Paris-Journal*, oui ? Il faut que je vous dise de la part de…

Il s'interrompt, adressant un clin d'œil ravi aux deux autres.

— … De la part de la Joconde, que les deux têtes chinoises…

— Ibériques ! rectifie Guillaume.

— Ibériques, crie le Douanier. Les deux têtes ibériques volées au Louvre sont à la gare de l'Est.

— À la consigne !

— À la consigne de la gare de l'Est !

— Raccroche ! commande Picasso.

Et, comme l'autre ne s'exécute pas assez vite, il pose un doigt exaspéré sur la tige du téléphone, coupant la communication.

— Pourquoi tu cries comme ça ?

— Je t'expliquerai, répond Apollinaire.

Ils remontent à l'étage et s'assoient à la terrasse de la Rotonde.

J'ai longtemps cherché une image les représentant tous deux. Je voulais un dessin de Picasso. Il en existe un, et probablement le seul, que le peintre a envoyé à son ami poète en août 1918, alors qu'il se trouvait à Biarritz en voyage de noces chez Paul Rosenberg. Au mois de juillet, il avait épousé Olga Khokhlova, une danseuse des Ballets russes. Max Jacob, Jean Cocteau et Guillaume Apollinaire étaient ses témoins. En mai, Apollinaire s'était marié lui aussi, avec Jacqueline Kolb. Picasso était l'un de ses témoins.

Il se trouvait avec sa femme en Bretagne lorsqu'il reçut le dessin de son ami. Picasso s'est coiffé d'un couvre-chef léger. Il a offert une pipe à son copain Apollinaire. Ils paraissent très détendus. Ils refont joyeusement le périple que les limiers de la Préfecture, s'ils les recherchent, suivront à leur tour pour tenter de retrouver la Joconde volée au Louvre. Ils frapperont à la porte du Douanier Rousseau, interrogeront, Matisse, Modigliani, Soutine, peut-être. Ils convoqueront Alfred Jarry, perquisitionneront l'atelier de Chagall à la Ruche ou celui de Van Dongen au Bateau-Lavoir.

— Ils ne trouveront rien ! s'écrie Guillaume Apollinaire.

— Nous sommes sauvés ! exulte Picasso. Trinquons !

Ils lèvent leur verre à la paix retrouvée. Croient-ils. Hélas, au même moment, dans un sombre bureau du Palais de justice, le juge chargé d'instruire le dossier de Mona Lisa signait un mandat d'amener qui allait bientôt terroriser les deux amis, confrontés à une accusation infamante : complicité de vol.

L'arrestation

Le 7 septembre, une voiture d'un modèle ancien, peut-être une Panhard & Levassor à trois portes, vitesse maxi 60 km/h, stoppe devant le numéro 37 de la rue Gros, à Auteuil. Deux hommes en descendent. Ils s'enquièrent auprès de la concierge du sieur Apollinaire. Après une perquisition en règle, le poète est embarqué, conduit au Palais de justice, introduit dans le cabinet du juge Drioux qui l'inculpe de complicité de vol et le place sous mandat de dépôt. La Sûreté estime que la Joconde a été dérobée par une équipe de voleurs professionnels agissant partout en Europe. Guillaume Apollinaire ne serait-il pas l'un d'entre eux ?

Il est conduit à la prison de la Santé. On lui donne des draps, une couverture et une serviette. Il est promené dans d'interminables couloirs jusqu'à la quinzième cellule de la onzième division. Là, fouillé à corps puis enfermé.

Avant d'entrer dans ma cellule
Il a fallu me mettre nu
Et quelle voix sinistre ulule
Guillaume qu'es-tu devenu

De l'autre côté des grilles, c'est la panique. L'arrestation de Guillaume Apollinaire a fait grand bruit. Picasso se terre. Il a peur. Il ne sort que le soir, rase les murs, surveille ses arrières. Fernande a beau lui répéter que les têtes ibériques ayant été rendues il ne risque pas grand-chose, rien ne le rassure. *Pas grand-chose*, ça pourrait être l'expulsion. Pour lui, un drame.

Au moins, il dort. Ce qui n'est pas le cas de son copain, empêché par la lumière qui aveugle la cellule pendant toute la nuit. Au petit matin, Apollinaire écrit :

Le soleil filtre à travers
Les vitres
Ses rayons font sur mes vers
Les pitres

Puis il quitte la cellule pour la promenade :

Dans une fosse comme un ours
Chaque matin je me promène

Tournons tournons tournons toujours
Le ciel est bleu comme une chaîne
Dans une fosse comme un ours
Chaque matin je me promène

Il retrouve sa cellule :

Que deviendrai-je ô Dieu qui connais ma douleur
Toi qui me l'as donnée
Prends en pitié mes yeux sans larmes ma pâleur
Le bruit de ma chaise enchaînée

Et tous ces pauvres cœurs battant dans la prison
L'Amour qui m'accompagne
Prends en pitié surtout ma débile raison
Et ce désespoir qui la gagne

Le juge le convoque. Le prisonnier est extrait de sa cellule. Il fait si chaud qu'il écoute le conseil du garde qui l'escorte et le surveille : il enlève son faux col. Le fourgon remonte vers le Lion de Belfort, passe devant la Closerie des Lilas, descend le boulevard Saint-Michel et pénètre dans l'enceinte du Palais. On fait descendre le prisonnier, on le conduit, menotté, dans les alvéoles indignes, puantes, moyenâgeuses de ce qui s'appelait déjà la Souricière. Il y reste quatre heures. On l'en sort pour le mener à ses avocats, qui l'attendent devant le cabinet du juge. Les photographes sont à l'affût : un poète en prison ! Celui que la presse d'extrême droite, déchaînée, présente comme un juif polonais doublé d'un rastaquouère pornographe étranger et métèque (Urbain Gohier dans *L'Œuvre*) appartenant à une « bande internationale et juive » (Léon Daudet dans *L'Action française*). Le magnésium fuse, offrant à la postérité les portraits d'un homme hagard, raide, tenu en laisse par un gardien, assis un peu plus tard, les poignets enchaînés dissimulés sous un canotier.

Une surprise l'attend.

Au petit matin, trois coups violents frappés contre l'huis ont réveillé Fernande et Picasso.

— Debout !

Un inspecteur de la Sûreté se tient sur le pas de la porte. En proie à l'affolement, Picasso s'habille. Fernande l'aide. Pas tendre, elle note : « Il perdait la tête de peur. »

Il n'a pas droit à la voiture – Panhard ou autre – mais à l'autobus Pigalle-Halle-aux-Vins. Il descend au Palais. À travers des couloirs tortueux, il est conduit jusqu'au cabinet du juge qui instruit l'affaire. Le même que celui d'Apollinaire : Drioux.

Après, on a le droit d'imaginer. On sait que la panique ne l'a pas quitté. C'est très compréhensible : qu'avait-il fait pour mériter une comparution devant un juge d'instruction ? Rien. Toute sa vie, cependant, il se reprochera d'avoir perdu les pédales ce jour-là.

Le magistrat pourrait poser une première question :

— Vous vous appelez Paul, Diègue, Joseph, François de Paule, Jean, Népomucène, Crépin de la Très Sainte Trinité Ruiz y Picasso ?

À quoi le témoin répondrait :

— Oui, Maître.

— Monsieur le juge.

— Oui, Monsieur le juge.

— De nationalité espagnole ?

— Oui, Monsieur le juge.

— Vous vivez en France depuis combien de temps ?

— Dix ans.

— Monsieur le juge.

— Monsieur le juge.

— Dix ans, Monsieur le juge, reprend le magistrat, légèrement impatienté.

— Dix ans, Monsieur le juge.

— Vous exercez la profession d'artiste peintre.

— Ce n'est pas une profession, Monsieur le juge.

— Ah bon ? Que faites-vous, alors ? Vous n'avez pas d'emploi stable ?

— Si, justement…

Picasso bredouille. Son univers n'a rien à voir avec celui dans lequel il vient de tomber et dont il craint de ne pouvoir se relever. Il se trouble.

— Je suis peintre stable. Comme un fonctionnaire, si vous voulez… Fonctionnaire peintre, comme vous êtes fonctionnaire juge.

— Ce n'est pas tout à fait la même chose.

— Vous êtes un modèle, balbutie Picasso. Citoyen modèle, fonctionnaire modèle, juge modèle. Moi aussi je travaille avec des modèles, et pour travailler avec des modèles, il faut être un modèle soi-même. Un modèle en tous genres. Tous genres confondus, si vous voyez ce que je veux dire… Genre masculin, genre féminin, neutre… Voilà : neutre. Se faire oublier, n'être remarquable en rien, un petit bonhomme dans un grand pays… C'est ce que je suis. Je n'ai aucune prestance, pas de talent particulier, j'habite un taudis, je n'ai pas d'opinions politiques.

— Vous connaissez la Joconde ?

— Il y a bien une Madame Joconde à côté de chez moi. Je crois qu'elle tient une pharmacie, ou quelque chose du même genre.

— Je ne parle pas d'elle. Je parle de celle du Louvre.

— Ah ! La Jo-con-de !

— Du Lou-vre, oui !

— Bien sûr que je la connais ! Une brune aux cheveux un peu longs qui vous regarde comme si vous aviez un secret en vous ?

— Voilà !

— Que lui est-il arrivé ?

— On l'a enlevée… Elle n'est plus au Louvre.

— Elle est peut-être partie faire un tour ! Vous savez, à force de rester sans bouger comme ça depuis quatre siècles…

— Elle est allée aux toilettes, c'est ça ? !

— C'est bien possible !

— Vous vous fichez de moi ?

— Pas du tout, Monsieur le juge, répondrait Picasso avant de s'enferrer davantage. Vous savez, moi, des filles comme la Joconde, j'en peins tous les jours ! Et je peux vous dire qu'elles doivent souvent aller aux toilettes ! Elles ont de toutes petites vessies, et à force de ne pas bouger, ça les fait gonfler, gonfler, gonfler, et si elles n'y vont pas, elles explosent ! C'est le risque !

— Vous divaguez… Lisez-vous parfois de la poésie ?

— Non, Monsieur le juge.

— Pas la peine de vous demander si vous connaissez des poètes ?

— Pas la peine.

— Guillaume Apollinaire, ça ne vous dit rien du tout ?

— Rien du tout.

— Monsieur Apollinaire est inculpé de complicité de vol. Emprisonné depuis une semaine.

Picasso hoche la tête :

— Sans doute était-il très seul. Je ne connais pas ce Monsieur Apollinaire, mais j'imagine qu'il avait besoin d'une compagnie silencieuse dans sa maison. Les poètes aiment les humeurs égales. Madame la Joconde ne doit pas s'emporter souvent.

Le juge se lève. Il adresse un signe à l'huissier de service qui ouvre la porte du cabinet. Dans le couloir, Guillaume Apollinaire attend. Il est introduit. Picasso se retourne. Il ne cille pas. Le juge pose une simple question :

— Connaissez-vous cet homme ?

Et l'inconcevable se produit. Picasso secoue la tête.

— Non. Je n'ai jamais vu ce monsieur.

Apollinaire est blanc couleur plâtre.

— Pablo, murmure-t-il. Pablo… Je suis en prison depuis cinq jours. Inculpé de complicité de vol…

Aucune réaction, nulle réponse.

— Nous avons déposé ensemble les têtes ibériques à la gare de l'Est…

Le silence est total.

— Tu m'as dessiné mille fois. Tu m'as fait une tête en poire. Tu as peint les saltimbanques de mes poésies. J'ai loué tes œuvres dans les journaux…

Enfin, comme Picasso demeure imperturbable :

— Pense à Alfred Jarry. Rappelle-toi ce qu'il nous a demandé.

Il pose les mains sur les épaules de Picasso. Celui-ci tressaille.

— Il a dit : quand vous pensez à moi, embrassez-vous.

Picasso a les larmes aux yeux. Il semble hésiter deux ou trois secondes puis, d'un seul mouvement, il enfonce son visage dans l'épaule d'Apollinaire, qui referme ses bras sur lui.

— Je le connais, bégaie Picasso. Je le connais…

Le juge retrouve sa place derrière son bureau. Il montre les deux chaises disposées face à lui.

— Asseyez-vous.

Cela fait, l'interrogatoire reprend :

— Vous vous connaissez depuis combien de temps ?

— Plusieurs années.

— Monsieur le juge.

— Plusieurs années, Monsieur le juge.

— Et pourquoi ce mensonge ?

Picasso ne répond pas. Apollinaire vient à son secours.

— Il a peur, Monsieur le juge.

— De quoi ?

— D'être reconduit à la frontière.

— Vous êtes italo-polonais, et votre ami est espagnol… Qu'est-ce que vous êtes venus faire chez nous ?

— Travailler, répond Picasso.

— Il n'y a pas de travail dans votre pays ?

— Moins.

— C'est toujours la même histoire, décrète le juge : les pauvres viennent chez les riches, si bien que les riches deviennent pauvres… Vous ne pouvez pas rester chez vous ?

— Vous venez sur nos plages, anticipe Picasso, on vient dans vos villes…

— Pourquoi Paris ?

— Paris, c'est la patrie des étrangers.

— Monsieur le juge, conclut froidement Guillaume Apollinaire.

Une semaine plus tard, *Paris-Journal* reçut une lettre de Géry Pieret. Reprenant l'identité qui reste la sienne dans *L'Hérésiarque & Cie*, l'aventurier signait « baron Ignace d'Ormesan » un mot assez bref qui disculpait totalement Guillaume Apollinaire. Le 12 septembre, celui-ci fut libéré. En janvier, les poursuites contre lui furent abandonnées.

Le 10 mai 1912, Géry Pieret fut condamné à dix ans de réclusion par la cour d'assises de la Seine pour avoir soustrait frauduleusement, au préjudice de l'État français, trois statuettes du musée du Louvre.

Le 11 décembre 1913, Mona Lisa retrouvait sa place au musée du Louvre. Elle avait été volée par un peintre en bâtiment italien qui voulait, assura-t-il, la rendre à son pays d'origine.

À la veille de la Première Guerre mondiale, Guillaume Apollinaire demanda sa naturalisation. Le 9 mars 1916, le ministère de la Justice accordait à Kostrowitzky Guillaume la nationalité française. Pour les hommes du 96e régiment d'infanterie, *Kostrowitzky*, c'était trop compliqué à prononcer. Ils baptisèrent leur sous-lieutenant d'un nom plus facile à retenir : *Cointreau-whisky*.

Le 29 avril 1940, Picasso demanda à son tour la nationalité française. Fin mai, la réponse tombait : *Picasso est connu de nos services pour avoir été signalé comme anarchiste en 1905, alors qu'il demeurait 130 ter, boulevard de Clichy, chez un de ses compatriotes également anarchiste et surveillé par la Préfecture de police.*

Plus loin : *Tout en s'étant fait en France une situation lui permettant, en tant que « peintre, soi-disant moderne », de gagner des millions (placés paraît-il à l'étranger) et de se rendre propriétaire d'un château situé près de Gisors, Picasso a conservé ses idées extrémistes tout en évoluant vers le communisme.*

En guise de conclusion : *De l'ensemble des renseignements recueillis, il résulte que cet étranger n'a aucun titre pour obtenir la naturalisation ; d'ailleurs, d'après ce qui précède, il doit être considéré comme suspect au point de vue national.*

Picasso, citoyen espagnol, ne renouvela jamais sa demande.

BIBLIOGRAPHIE

Aegerter E. et Labracherie P., *Au temps de Guillaume Apollinaire*, René Julliard, 1945.

Apollinaire Guillaume, *Anecdotiques*, Gallimard, 1955.

—, *Contemporains pittoresques*, Gallimard, 1975.

—, *L'Hérésiarque & Cie*, Stock, 1984.

—, *Le Flâneur des deux rives*, Gallimard, 1928.

—, *Le Poète assassiné*, Gallimard, 1947.

—, *Les Onze Mille Verges*, Jean-Jacques Pauvert, 1973.

—, *Notes du mois*, in *Le Festin d'Ésope*, *Œuvres en prose*, Gallimard, Bibliothèque de la Pléiade, 1991.

—, *Œuvres poétiques*, Gallimard, Bibliothèque de la Pléiade, 1990.

—, *Tendre comme le souvenir*, Gallimard, 1952.

—, cahier spécial de *Rimes et raison*, Éditions de la tête noire, 1946.

Apollinaire Guillaume / Picasso Pablo, *Correspondance*, Gallimard, Réunion des Musées nationaux, 1992.

Baudelaire Charles, *Salon de 1846*, Gallimard, Bibliothèque de la Pléiade, 1976.

Berger John, *Réussite et échec de Picasso*, Denoël, Les Lettres nouvelles, 1968.

Brassaï, *Conversations avec Picasso*, Gallimard, 1997.

Breton André, *Anthologie de l'humour noir*, Jean-Jacques Pauvert, 1966.

Cabanne Pierre, *Le Siècle de Picasso*, Gallimard, 1992.

Cadou René-Guy, *Le Testament d'Apollinaire*, Rougerie, 1980.

Caizergues Pierre et Seckel Hélène, *Picasso/Apollinaire, Correspondance*, Gallimard, 1992.
Carco Francis, *Mémoires d'une autre vie*, Éditions du milieu du monde, Genève, 1942.
—, *Bohèmes d'artistes*, Éditions du milieu du monde, Genève, 1942.
—, *De Montmartre au Quartier latin*, Éditions du milieu du monde, Genève, 1942.
—, *La Légende et la vie d'Utrillo*, Grasset, 1928.
—, *Montmartre à vingt ans*, Éditions du milieu du monde, Genève, 1942.
Carluccio L., Leymarie J., Negri R., Russoli F., Brunhammer Y., *École de Paris,* Rive gauche productions, 1981.
Chapiro Jacques, *La Ruche*, Flammarion, 1960.
Chassé Charles, *D'Ubu-Roi au Douanier Rousseau*, Éditions de La Nouvelle Revue critique, 1947.
Crespelle Jean-Pierre, *Montparnasse vivant*, Hachette, 1962.
Daix Pierre, *Dictionnaire Picasso*, Robert Laffont, 1995.
—, *La Vie et l'œuvre de Pablo Picasso*, Seuil, 1977.
—, *Picasso créateur*, Seuil 1987.
Decaudin Michel, *Apollinaire*, Séguier, 1986.
Divîs Vladimir, *Apollinaire, Chronique d'une vie*, N.O.E.
Dorgelès Roland, *Quand j'étais Montmartrois*, Albin Michel, 1936.
—, *Bouquet de Bohème*, Albin Michel, 1947.
Fabureau Hubert, *Max Jacob,* Éditions de La Nouvelle Revue critique, 1935.
Franck Dan, *Le Temps des bohèmes*, Grasset, 2016.
Frank Nino, *Montmartre*, Calmann-Lévy, 1956.
Fuss-Amoré Gustave et Des Ombiaux Maurice, *Montparnasse*, Albin Michel, 1925.
Gleizes Albert, « Apollinaire, la justice et moi », *Rimes et raison*, Éditions de la Tête noire, 1946.
Jarry Alfred, *Les Minutes de sable mémorial*, Fasquelle, 1932.
—, *Ubu*, Gallimard, 1978.
Klüver Billy, *Un jour avec Picasso*, Hazan, 1994.
Klüver Billy et Martin Julie, *Kiki et Montparnasse*, Flammarion, 1989.
Lina Lachgar, *Arrestation et mort de Max Jacob,* La Différence, 2004.

Max Jacob et Picasso, Catalogue d'exposition, Réunion des Musées nationaux, 1994.
Olivier Fernande, *Picasso et ses amis*, Stock, 1933.
—, *Souvenirs intimes*, Calmann-Lévy, 1988.
Piat Pascal, *Apollinaire*, Seuil, 1995.
Pour les cinquante ans de la mort de Max Jacob à Drancy, Les Cahiers bleus, 1994.
Présence d'Apollinaire, Catalogue d'exposition, Galerie Breteau, 1943.
Read Peter, *Picasso et Apollinaire*, Jean-Michel Place, 1995.
—, *Picasso et Apollinaire, Les Métamorphoses de la mémoire*, Jean-Michel Place, 1995.
Sabartés Jaime, *Picasso*, L'École des lettres, 1996.
Salmon André, *L'Air de la Butte*, Éditions de la Nouvelle France, 1945.
—, *Montparnasse*, André Bonne, 1950.
—, *Souvenirs sans fin*, Gallimard, 1955.
Seckel Hélène et Cariou André, *Max Jacob et Picasso*, Réunion des Musées nationaux, 1994.
Soupault Philippe, *Mémoires de l'oubli*, Lachenal et Ritter, 1986.
Stein Gertrude, *Autobiographie d'Alice Toklas*, Gallimard, 1934.
Szittya Émile, *Soutine et son temps* (La Bibliothèque des Arts, 1955), in *Soutine*, Catalogue raisonné, Taschen, 1993.
Vollard Ambroise, *Souvenirs d'un marchand de tableaux*, Albin Michel, 1937.
Warnod André, *Drôle d'époque*, Arthème Fayard, 1960.
—, *Les Berceaux de la jeune peinture*, Albin Michel, 1925.

Apollinaire et Picasso remercient Samuel B. pour cette traversée de Paris qui n'existerait pas sans lui.

DU MÊME AUTEUR *(suite)*

Les Carnets de la Californie, texte sur Picasso (Le Cercle d'art)
Les Années Montmartre (Mengès)

Sous le pseudonyme de Marc Kajanef :
Johann Sebastian Bach (Mazarine)

En collaboration avec Jean Vautrin :
Les Aventures de Boro, reporter-photographe
La Dame de Berlin (Fayard ; Pocket et Presses Pocket)
Le Temps des cerises (Fayard ; Pocket et Presses Pocket)
Les Noces de Guernica (Fayard ; Pocket et Presses Pocket)
Mademoiselle Chat (Fayard ; Pocket)
Boro s'en va-t-en guerre (Fayard ; Pocket)
Cher Boro (Fayard ; Pocket)
La Fête à Boro (Fayard ; Pocket)
La Dame de Jérusalem (Fayard ; Pocket)

En collaboration avec Enki Bilal :
Un siècle d'amour 1 (Fayard)
Un siècle d'amour 2 (Fayard-Casterman)

Cet ouvrage a été imprimé par
Normandie Roto Impression à Lonrai
pour le compte des Éditions Grasset
en février 2019

Composition Maury-Imprimeur

PAPIER À BASE DE
FIBRES CERTIFIÉES

Grasset s'engage pour
l'environnement en réduisant
l'empreinte carbone de ses livres.
Celle de cet exemplaire est de :
150 g éq. CO_2
Rendez-vous sur
www.grasset-durable.fr

N° d'édition : 20848 – N° d'impression : 1900405
Dépôt légal : mars 2019

Imprimé en France